JN204100

佐山 啓郎
Sayama Keiro

文芸社

幻想家族——目次

一　傘寿の祝い

大野木家の玄関口は、道路側から黒塗りの鉄扉を押して入ると、焦げ茶色をした木製のドアに至るまでの三メートルほどの間に、古びて表面の磨り減った四角い大きな敷石が五つ並んでいる。その青っぽい色の敷石はなかなか立派なもので、主の大野木元一郎が四十年余り前にこの地に住み着いて以来、訪れてくる親しい知人に自慢していたものである。

だが今では、敷石はそのままであるものの、向かって左側は以前の竹垣に替わってサザンカの生け垣になり、庭への通路は洋風の小さな木戸で仕切られている。二階建ての屋根も以前の重い瓦屋根から一変して軽い素材のものになり、部屋数は増えても、かえってこぢんまりした家のようにも見える。玄関のドアにしても、去年までは磨りガラスの入った重い格子戸であったのだ。

有り体に言えば、この家全体がすっかり建て替えられて、元一郎の好みとは思えない明るい洋風の造りになっているのである。

それというのも、長らく別に居を構えていた長男が家族四人で同居することになって、そのために去年の秋から冬にかけてのころ、築四十年の旧居を壊して新築したのだ。その建築工事のために玄関前の古い植え込みがつぶされたり、垣の一部が作り替えられたりしたが、それらもすべて、長男が戻ってくることを何よりも優先したかった元一郎が最大限の譲歩をして、長男夫婦の考えを大幅に受け入れた結果であった。もっとも元一郎の和風趣味はもともと付け焼き刃みたいなものであったから、本人はそれほど寂しがっているわけでもなく、高価な庭石を買い込んで造った庭がそっくり残されたことで一応の納得をしていた。自分の心のよりどころは伝統的和風趣味に落ち着くのだ、と人にも説明できればそれでよかったのである。

要するに彼としては、長男夫婦が一緒に住むことになったことの安堵感の方が、はるかに大きかったのである。

季節は春から初夏になろうとしていた。今日は、夕暮れが迫るとともに、この家から出ていた次男とその下の二人の娘が次々と訪れていた。今年四十歳になる英行（ひでゆき）、三十八歳になる栄子（えいこ）、そして三十二歳になる末娘の裕子（ゆうこ）の三人である。彼らは先ほど、子供のころから見慣れていた古い庭に立って新築された家を眺め、何ごとかしきりとつぶやいていたのだが、

「前の家と比べると、何だか随分変わっちゃったみたいね……」

と裕子が、呆れたと言わんばかりの言い方をすると、

「親父も大したことないな。こんな家に変えられて喜んでいるんだから」

と吐き捨てるように言ったのは英行だ。

「そんな言い方をしないでよ」

栄子がなじるように言ったので、それを潮に、三人は庭に背を向けてベランダから洋間に入ったのだった。


洋間に接した八畳の茶の間では真ん中に四角い座卓が二つ並べられ、その周りには子供も含めて九人が座れるように座布団が敷いてある。間もなく料理の皿が卓上に並ぶ手筈になっていた。

英行ら今日の客たちは洋間のソファーに待機した格好で、庭に面したガラス戸には、栄子が気を利かせて白いレースのカーテンを引いたところだ。

茶の間から廊下を挟んだ向こう側の台所には薫（かおる）と彰（あきら）が呼ばれていて、嫁の亜佐美（あさみ）が何か指図している声がした。姑の米子（よねこ）も孫たちの後ろから入り込んでいったのだが、何か口出しをしてみても、亜佐美にはあまり相手にされていないらしい。その様子が、洋間にいる

面々にも手に取るようにわかる。

「こっちへ来ていたらどうなの、お母さん。腰が痛いんでしょっ」

栄子が見かねて長いソファーから立ち上がり、台所の方に向かって叫んだ。

「お母さんたら、亜佐美さんに任せておけばいいのに……」

妹の裕子もその横でやきもきしている。

一人掛けのソファーに腰を下ろしてふんぞり返った英行は、茶の間の方を眺めて苦笑している。彼は、妹の栄子や裕子の落ち着いた服装に比べると、背広の上着を脱いでノーネクタイのワイシャツのボタンを一つはずした姿が何となくラフな感じである。

ようやく米子が台所から出てきて、手で口を押さえ、笑いをこらえる顔をしてみせながら、茶の間の座卓を回って洋間に入ってきた。夫の元一郎より九つ下の七十一歳で、最近急に増えた白髪が乱れているのも構わない様子で、

「まあご馳走がたくさんできたわ。見ただけでお腹いっぱいだわ」

米子はさもおかしそうに言う。そのわざとらしく笑い崩れた様が老いの醜さを感じさせるようで、英行は思わず顔を背けた。

「いいからここへ来て座っていなさいよ」

英行が手を上げて米子をたしなめるように言うと、米子はなおもへらへら笑いながらソファーに来て裕子の隣の空いた場所に深々と腰を落とした。

そのとき玄関のチャイムが鳴り、栄子がすぐに出ていった。彼女の夫の礼治が到着したのだ。

「遅くなりました」

礼治は洋間に入ってくると米子を見て挨拶した。歳は四十五になるが、痩せた長身で、黄色地の長袖シャツを着た姿はいかにもお洒落な感じである。

「お父さんはあとから現れるから、ソファーに座っててね」

栄子に言われ、礼治は空いているソファーに腰を下ろしたが、間もなく立って煙草を取り出しながらベランダに出ていった。彼はかなりのヘビースモーカーなのである。

「ところで、お兄さんはどこへ行ったのかしら？」

裕子が気がついて言うと、栄子が、

「お兄さんはさっき、亜佐美さんに買い物を頼まれて出ていったみたいよ」

なーんだ、という感じで皆一瞬静かになった。

「お兄さんも亜佐美さんにこき使われているんだわ、きっと」

裕子がおかしそうに声を潜めると、英行も栄子も押し殺したような笑い方をした。米子も調子を合わせようとしてしきりと笑った。

薫と彰が代わる代わる、皿や小鉢に盛った料理を台所から運んできては座卓の上に並べ始めた。薫が座卓のこちら側に回ってきたときに、英行が身を乗り出して声をかけた。

「薫ちゃんは、いつもそうやってお母さんのお手伝いをするのかい？」

「うん、あたし、いつも手伝うよ」

「もう五年生だものねえ」

栄子が脇から言うと、数枚重ねた小皿を両手で抱えて入ってきた彰が、

「僕も手伝うよ、二年生だから」

言った拍子に小さな手の中で皿がかたかたと鳴った。薫が慌てて手を出して受け取り、重ねた小皿を一枚一枚手に取っては座布団の位置に合わせて並べた。

「薫も彰もお手伝いできて偉いね。だからおばあちゃんはいつも楽させてもらうのよねえ」

米子が言いながら、立って彰の後ろへ回っていって抱き寄せようとするが、彰はするりと米子の手を抜け出て台所へ走っていった。

「猫っかわいがりは嫌われるのよ、おばあちゃん」

裕子が米子をからかった。

玄関のドアの開く音がして、元一郎の長男である政紀（まさのり）が戻ってきた。彼は茶の間に顔を出し、ベランダから戻った礼治と簡単に挨拶を交わしてから、座卓の上を一瞥した。今年四十三歳という年のわりには髪の毛が後退した感じで額が広く、眼鏡をかけて笑みを浮かべたその顔は温厚そのものだ。それでも、学校の教員をしているせいか、どことなく、世間ずれをしていないような若さがある。

「おお、料理が並んだな」

政紀はにこっとしてみせて、そのまま台所に入っていく。手に花束を持っているのが、ちらっと見えた。

「まあ、お花まで？」

裕子が言って栄子と顔を見合わせて笑った。

じきに青い前掛け姿の亜佐美が、赤と黄のバラを盛った青磁の花瓶を捧げ持って、茶の間に入ってきた。

「さあ、用意できましたよ」

そう言いながら亜佐美は、正面の飾り戸棚の上に花瓶を置いて花の具合を直している。彼女は今年三十九歳になるが、半袖の腕の肌はいかにも健康そうに輝き、てきぱきとした身のこなしには何の気取りも感じられない。

「あの、おじいちゃんの方はどうかしら？」

亜佐美が米子に向き直って言うと、

「ほら、お母さん、お父さんの部屋へ呼びに行くんでしょう？」

裕子が脇から米子を急き立てた。

米子はしぶしぶ立ち上がろうとして、急に腰の辺りをさすってみせ、

「裕子、頼む、お父さん呼んできて」

「何よ、素直に呼んでくればいいのに……」

裕子は米子の腰を軽く叩いてから、開き戸を開けて廊下に出ていった。

その廊下の左側は庭に面しているが、米子がとっくに雨戸を閉めてしまったから庭は見えない。右側に和室が二間並んでいて、「離れ」とも呼んでいた。元一郎は先ほどから奥の六畳間で机に向かって胡座（あぐら）をかき、自分を呼びに来るのを待っているのだった。

「さあ、みんな座ってみてくださいよ」

茶の間では政紀が声をかけ、皆座卓を囲んで席に着く。礼治が年下の英行に両親に近い席を譲り、栄子が礼治に続いて席を占める。薫と彰が亜佐美に言われて末席に並んで座る。花瓶の花に飾られた正面の席が二人分空けられている。

戻ってきた裕子が栄子の隣の席に行きかけて、洋間でうろうろしている米子に気がつき、

「お母さん。先に座っていたらどうなの？」

裕子に言われて、ようやく米子が正面の席に着いた。

廊下を歩いてくる足音がした。ゆっくりしたリズムの重い音だ。皆一斉に振り向くと、開き戸が開いて、元一郎が、濃紺の丹前一枚に黒縮緬(ちりめん)の三尺帯を締めた姿で現れた。

頭が禿げ上がり、頬に深い皺(しわ)の刻まれた顔である。かつては抜け目なく光った両の目も、今では沼の水のような鈍い光を帯びている。

「おー」

元一郎は皆を見回して大げさな声を上げ、にんまりと笑ってみせた。極力親愛の情を示しながらも、まだまだ一家の主の威厳を失ってはいないと自他共に認める顔つきである。

政紀に示された正面の席に行きながら、

「俺の誕生日なんて、やったことがねえから、どういう顔をしたらいいのか……」

照れ隠しの冗談を言いながら座りかけて、横の席にいる米子に、

「何だ、おめえ、呼びにも来ねえで先に座っていやがる……」

「お待ち申しておりました」

米子がわざと真面目な顔をして言ったので、皆一度に噴き出した。

元一郎のそばに座を取った政紀がにこやかに言った。

「それじゃ皆揃ったから、お父さんの満八十歳、つまり傘寿の祝いというわけだが、見ての通り、まだまだ大いに元気ということで、そのお祝いの会を始めます。まず、みんなで乾杯をしよう」

大人たちはコップにビールを注ぎ、子供たちはオレンジジュースのコップを上げて、

「乾杯」

と口々に言った。

コップを置いて一息つく面々を、元一郎は満足そうに見渡して、

「俺も八十になったんだな。こうして見ると何だか夢のようだよ。全く裸一貫でこうやって一家をなすまでになったんだから、何にしても悔いはないがよ」

そう言って笑顔を見せた。すると礼治が、

「本当におめでとうございます。いつまでもお達者でいてください」

上目遣いの顔を上げてにこやかに言った。

皆それぞれに目の前の料理に手を出し始めたが、米子は箸も持たずに皆の様子を眺めて黙ったままだ。その米子をちらっと見て亜佐美が言った。

「わたしの手料理では、もの足りないかもしれませんけど、今日はおじいちゃんの誕生日のお祝いをするということで、薫も彰も楽しみにしていました。何もありませんけど、どうぞ皆さんで召し上がっていってください」

「そうだ、薫、彰、おじいちゃんに贈り物するんだろ？」

亜佐美に続いて政紀が言うと薫と彰はうなずいて、それぞれ座卓の下から小さな紙袋に入れたものを出して見せた。拍手が起こり、二人は元一郎のところへ行って贈り物を手渡した。

元一郎は左右の手にそれらを受け取り、照れて顔を真っ赤にして笑っていたが、何を思ったか、それを次々と丹前の胸にしまい込んだ。

「ああっ、つぶれちゃう」

薫が立ったまま叫んだ。

「おじいちゃん、孫たちの贈り物をご披露しなくちゃ……」

裕子が言った。

皆が笑い騒ぐ中で元一郎は慌てて丹前の胸から紙袋を取り出し、一つずつ開けて中身をつまんで出して見せた。薫の袋から出てきたのは赤と黄の折り鶴で、それに簡単な手紙が添えてあった。彰の袋に入っていたのは折り畳んだ画用紙で、広げると、元一郎の顔がクレヨンで大きく描かれてあった。それらが披露されるたびに歓声が上がる。亜佐美はそれらの可愛い贈り物を、元一郎から受け取っては花瓶と並べて戸棚の上に置いた。

「あーあ、お父さんもこれで、八十のお祝いをしてもらって、すっかりおじいちゃんらしくなった。よかったよかった」

英行がからかうように言ったので大笑いとなった。

「本当にまだまだ長生きしそうね、お父さんは」

裕子が皮肉めかした言い方をするとまた皆が笑った。

「お母さんがいなければ一家なんて成り立たないのよ、お父さん」

栄子は母の米子に気を使った言い方をした。

「そりゃそうさ。お母さんは夫唱婦随で空気みたいなものなのさ」

元一郎が言うと脇で米子が苦笑して、思わずコップのジュースを一口飲んだ。すると裕子が、

「お母さんがお父さんにとって空気みたいなものなら、お母さんにとってお父さんは何なの？」

好奇心に駆られたように言って、米子にしゃべらせようとする。急に問われて米子はまごつき、

「空気って？　まあ、どうだか知らないけど、とにかく、お父さんは風みたいなものよ……」

「風？　その心は？」

裕子はおもしろがってなおも問う。

「その心って言ったって……。とにかく、いつも勝手に吹いてばかりいるんだから……」

それを聞いて皆が手を叩いて喜んだ。元一郎も格別否定する気はないらしい。

「これでなぞなぞが一つ解けましたね」

と礼治までが調子に乗り、皆久しぶりの賑やかさに沸いた。

以前と違って元一郎も酒量がめっきり減った。それでも今日は機嫌良く、ビール一杯の

あとは亜佐美の用意したお銚子の酒を、政紀と英行も誘って飲み始めた。

「そういえば、お父さんの誕生日祝いって、やったことがなかったのかしら」

　栄子が言うと、政紀がうなずいて、

「子供のころ、誕生日には大抵お母さんがお赤飯を炊いたのを覚えているけど、あれは子供の誕生日だけだったな」

　すると英行も、

「俺はずっと、誕生祝いっていうのは子供のためだけにやるもんだと思っていた」

　米子は当然だと言わんばかりの顔をして、

「そうよ、お父さんの誕生祝いなんかしたことないよ。もっともお赤飯と言ったって、麦の入ったご飯に食紅で色を着けたりして……」

　それを聞くと政紀も言った。

「戦後しばらく食糧難が続いて、どこの親も大変だったんだろうけど、お母さんは子供の誕生祝いだけは忘れなかったような気がする。でも誕生パーティーなんていうのは、すごく高級な特別なことだと思っていたよ」

「貧乏暇なしでね、何もできなかったんだけど、お父さんがあんなに働いていたんだから、もう少しちゃんとお金を入れてくれればよかったのよ」

米子が恨みがましくそう言ったので、急に矛先を向けられた格好の元一郎は、

「何を言いやがる。ちゃんと俺に言やあ、ありさえすればいつでもやったじゃねえか」

と笑った。米子はわざとらしく不服そうに膨れてみせて皆を笑わせた。

「子供のころと言えば、お茶の会というのをよくやっていたような気がするわ」

栄子が言ったので政紀も思い出して、

「あれは確か、俺が中学生のころにやっていた。お父さんを中心に一家団欒、という感じだったが、皆まだ小さかったからな……」

元一郎の発案で始まった「お茶の会」というのは、元一郎の都合に合わせて一週間に一度ぐらい、夕食後の時間に家族が一緒にお茶を飲んで話をする会というほどの意味で、印刷会社の仕事が軌道に乗ったころの元一郎は、家庭のそういう雰囲気を人にも自慢げに話したりしていた。しかし当の子供たちにはさほどの思い出もなく、「お茶の会」といえば、子供たちに囲まれてお茶を飲みながら一人で悦に入っている元一郎を思い浮かべるだけだ。

そのころ家の中では、元一郎がよしと言わなければ何ごとも成立せず、それが当然のように思い込まされていた。後年思い出してみても父親はまさに家長であり暴君であり、母

親はさながらその召し使いだった。政紀が思うに、そのころの元一郎にとって家庭とは、自分の持つ会社同様に、すべて意のままに動かなければならないものだったのだ。中学生であった政紀は、そういう父親に少しずつ反感を持ち始めていたような覚えがある。

「お茶の会ですか……。なるほどね、それで今でもみんな仲良くというか、家族が割合よく集まるんですかね」

　礼治が感心したように言うと、

「お茶の会のせいなの？　知らなかったわ」

　栄子が冗談めかして言うと、英行が鼻先で笑った。すると元一郎が、

「その『お茶の会』はいいが、誕生パーティーなんてのは、戦後のはやりだろう。アメリカの真似で始まったんだろうよ」

「あらお父さん、そんなこと言って、今日は亜佐美さんのお料理で誕生日を祝ってもらって、満足なんでしょ」

　裕子が元一郎を冷やかした。

　元一郎はまんざらでもなさそうに口元を緩めて言った。

「そうさ、いいじゃないか。俺の誕生日の祝いをやると政紀が言うから、それならみんな

から当然だろう」

が集まって亜佐美の料理で祝ってくれればいいと言った。亜佐美が台所をやっているんだ

「もういいじゃないの、そんなこと何度も言わなくたって……」

米子がたしなめるように言った。その様子に、栄子と裕子がそっと顔を見合わせる。

「お母さんも少しは働かなくちゃ、呆けちゃうわよ」

裕子が言って、亜佐美を牽制する目つきをした。亜佐美は何も言わず、ただ笑っている

だけだ。

そのとき、茶簞笥の端に置かれた電話が鳴った。亜佐美が立って受話器を取った。

「おじいちゃん、電話です。本橋さんという方からです」

「本橋さん？」

元一郎は一瞬きょとんとしたが、横にいる米子を見てから、立って電話に出た。

「大野木だが……おお、専次か。なんだい、今ごろ……」

元一郎は受話器を隠すようにして皆に背を向けて話し込んだ。

「本橋さんて、あの闇市で一緒だったという人じゃないのかね」

政紀が米子に向かって囁いた。闇市と聞いて他の者は一瞬押し黙った。

「そうよ。大分昔の仲間なんだけど……」

米子は電話の内容を気にしてしきりに元一郎の方を見ている。

電話で話す元一郎の声が次第に大きくなった。

「おめえ、今ごろそんな話を持ってきたって駄目さ……とにかく俺はもう隠居の身だよ。前に話したように印刷屋の仕事は人に譲って、もう止めちゃったし、今は何もしてねえのさ。おめえに回す金なんか残ってねえさ……。そうだよ。だから、おめえその話は……」

聞いていた米子が不快そうに下を向いた。

「親父の腐れ縁だな。今ごろ何だろう」

政紀が言うと、

「前に何度か電話してきたことがあったけど……」

と米子が眉を寄せた。

「やりたい放題にやってきた仲間だから、なかなか断ち切れないんだろ？」

英行も言い、思わず父親に対する反感が表に出かかるのを隠そうとはしない。政紀は小さくうなずいただけで黙っている。

「いい思いをした時期もあったんでしょうね、きっと……」

礼治が好奇心に駆られたように言うので、英行は、

「戦後の闇市を出発点にして、朝鮮戦争の特需景気のころに印刷会社を立ち上げて、それから経済成長時代を通してたくましく生き抜いてきたというわけですよ」

はぐらかすような言い方をしたが、礼治はしきりとうなずいている。米子がまた不快そうに溜め息をついた。

亜佐美は皆の顔を見回してただ黙って聞いていた。

「おじいちゃんって、いつも、『おめえ』って言うよ」

不意に薫が声を低めて隣の裕子に言った。裕子は薫に答えて、

「おじいちゃんはね、古い農家の育ちだからしょうがないのよ」

「やっぱり一生直らないのよねえ」

そばで栄子も嘆いてみせた。

元一郎の電話はなかなか終わりそうにない。

そのうちに、英行が立ち上がって洋間のソファーに行って腰を下ろした。政紀も礼治を促してソファーに行った。亜佐美が気を利かして三人の湯飲みにお茶を注ぐと、栄子がそれを載せた盆を受け取って、洋間の三人に加わった。亜佐美が薫と彰を促しテーブルの上

を片付けようとするのを見て、裕子がそれを手伝い始めた。

　皆が立ってしまったあとのテーブルで、米子はいつまでもつくねんと座ったままでいた。何だか他に行き場所がないような感じだ。ときどき「なにぃ」とか「そりゃおめえ」とか、妙な声を張り上げる元一郎の電話が気になるだけで、他に自分のやることはない。米子は、このごろはよく、こういうふうに居場所が中途半端になるような気がしてならない。

　ようやく電話が終わり、元一郎が何だか困惑したような顔つきで席に戻ってきた。再び米子の横に座ったが、テーブルの上はすっかり片付いて、彼と米子の湯飲みが置かれているだけだ。

「本橋さんは何の用事だったの？」

　元一郎が黙っているので米子は聞いてみた。

「なに、株の話さ……。あいつは相変わらず山っ気が抜けないんだ。いきなり電話でいろいろ誘ってきやがって……。また遠藤（えんどう）たちも噛んでるんだろうがな」

　元一郎は空の湯飲みを振ってみせて不機嫌そうに、

「おい、お茶を入れろよ」

　米子は膝頭を撫でながら、仕方なく立って台所に行った。

だがすぐに膨れっ面をして戻ってきて、元の位置に腹立たしげに座った。元一郎ににらまれても何も答えない。

裕子が大きな盆を抱えてきて、ケーキの皿を皆の席に配り始めた。亜佐美が紅茶を入れたカップを盆に載せて運んで来、薫と彰も後ろについて部屋に入ってきた。洋間にいた者たちが席に戻って、元一郎の誕生祝いの締めくくりとなった。

「こんなすばらしいケーキは、ついぞ食ったことがねえな」

元一郎は機嫌良く言ったが、米子の膨れっ面は直らない。

「お母さんも楽ばかりしてると体が駄目になるよ。台所の仕事ぐらいもっとやればいいのに」

と英行が言った。亜佐美は何となく自分への当て付けを感じたが、黙っていた。

「いいよ。もう、お父さんの気に入るようにすれば」

米子がわざと投げやりになって言うので、元一郎は米子に顔を向け、声を大きくして言った。

「おまえさんは大奥様なんだから、見てればいいんだ。台所の仕事は嫁の亜佐美がしっかりやってるんだから、大奥様はお楽に構えていいのさ。代替わりなんだからそれでいい」

「大奥様なんて、おだてなくていい」

米子は本気で怒りだしそうだった。

元一郎には、わざと大げさな言い方をする癖があり、それがしばしば米子には気に入らないのである。そういう二人の様子を眺めつつ、英行がにやにやして言った。

「なるほど、お父さんもお母さんも、もう隠居の身分というわけだな」

「まあ、そういうことさ。俺も隠居する歳になったのは認めなくちゃならねえわけさ」

元一郎は一人で満足げな顔をしているのだった。

英行は政紀に観察するような視線を向けていたが、

「兄貴も大変だ。一度に家族が増えて、ちゃんとやっていけるのかい？」

冗談のように言いながら、以前からの憤懣が自ずと顔にも出てくる。

政紀は、英行の語気にそれを感じながらも落ち着いた顔で、

「三月に俺たち家族四人が一緒に暮らすようになって、まだ二ヶ月にもならないところなんだから、慣れないこともある。まあ、あまり横槍を入れないようにしてくれよ」

「横槍とは何だよ」

英行が怒鳴って、ビールの回った顔をいっそう赤くした。栄子がすぐに止めに入った。

「やめなよ。薫ちゃんや彰ちゃんがびっくりしてるじゃないの」

このとき元一郎は不機嫌そうに顔を背けたが、急に表情を変えてこう言った。

「そうだ、薫の鶴と彰の絵はどこへやった?」

「おじいちゃんの後ろ、戸棚の上に置いてありますよ」

亜佐美が指差して言うと、

「おー、これこれ。俺の部屋へ持っていって、飾っておかなくちゃな」

元一郎はわざとらしく両手で大事そうに抱えてみせ、それからこう言った。

「俺はこうして孫と一緒に一つ家に暮らせるようになって満足だよ。大野木の家は俺が一代で築いたが、今はもう政紀に跡を譲る。今日はおまえさんたちに、それをわかってもらえばいいいんだ」

さあどうだ、と言わんばかりに元一郎は皆を見回して鷹揚に笑った。

誰も何も言わず、礼治が一人で大きくうなずいていた。礼治は酒類が苦手でほとんど飲まないから、来たときと同じ落ち着きはらった態度である。

「そういうわけだから、皆これからもよろしくな……」

政紀が言うと栄子が周囲を見回しながら、

「じゃ、今日はそろそろ帰らせてもらおうかしら。もう八時を大分過ぎたから……」

「皆遅くまでご苦労様……」

米子も言い、裕子がうなずいた。それを見ると栄子は洋間のソファーに置いたままのバッグを取りに行った。その間に礼治は元一郎や政紀と丁寧に挨拶を交わした。

英行も、何となくバツの悪そうな顔をして立ち上がると、米子に軽く挨拶して玄関に向かった。


大野木家の玄関を出た四人は、最寄りの駅まで五分ほどの道を、最初のうちは皆無言で歩いた。

「今日のお父さんはご機嫌のようでしたね」

やがて礼治が、肩を並べて行く英行に話しかけた。

「まあね。誕生日を祝ってもらうんだから、不機嫌ということもないでしょ」

英行がぶっきらぼうな言い方をした。

「お兄さんの一家と一緒に暮らすようになって、ご満足なんでしょう。これで長男に家を継がせるという、お父さんの考えが実現したということなんでしょうね」

礼治がまた言うと、

「それはそうなんだろうけど、これからどうなるかね……」

英行はわざと皮肉な言い方をした。礼治に対しては彼も感情を抑える他はない。

栄子はその英行の横顔を盗み見ながら、胸の塞がるような思いで歩いていた。

去年の夏に政紀が親元に戻ってくることが本決まりになって以来、これでともかく両親のことは兄夫婦に任せておけるようになる、と栄子は何だかほっとした気分になっていた。それで今夜の父の誕生祝いには夫婦揃って出てきた。だが、その席で英行が政紀に向かってあんなに感情的な言い方をするとは思わなかった。英行が政紀に強い反感を持っていることを、栄子は改めて知らされる思いがした。

元一郎の興した印刷会社を引き継ぐ問題で英行が元一郎と衝突し、とうとう家を飛び出したのは三年前のことであった。大学の工学部を出て家電の会社に就職した英行は、元一郎期待の息子であったのだが、英行自身は将来のことが決められない不安定さを抱えていた。そしてとうとう、印刷会社の将来像についての考え方が父親と決定的に対立したのだ。長男の政紀は次男に跡を継がせるという父の考えに抗わず、むしろ協力的でさえあって、とっくに結婚して家を出てしまっていた。

そのころの英行は、失恋の痛みも重なってかなり荒んだ状態になりかけてもいた。それでも新たに就職したＡＫ商事という会社の仕事を励みにして立ち直りはしたものの、父親のもとに戻ろうとはしなかった。英行を呼び戻すことに絶望した元一郎は、英行が家を出てから一年も経たないうちに会社を人に譲って印刷業から一切手を引くことを決意した。この間の父と兄たちの大きな変化には、栄子もひどく心を痛めていた。ところがその後、元一郎は改めて政紀を説得して家に戻らせようとし、その結果として実家を建て替えるという事態にまでなったのである。それには栄子も裕子も驚いたが、その成り行きは特に英行に衝撃を与えたようで、彼は、父親に負い目を感じる一方で兄の政紀に反感を持ったらしい。栄子は、政紀が実家を引き受けたことによって英行も自由になったのだからよかったのではないかと思ったのだが、そう単純には片付かないようだった。

政紀は実家に戻るに当たり、親と共に三世代家族の家庭を実現すると宣言したのだが、今日の様子ではその家も、ご多分に漏れず嫁姑問題がありそうで波乱含みだ。そこに英行も絡んできたらどうなるのか、と栄子は、今まで抱いたことのない新たな心配や不安を感じたのである。

そのとき、後ろを歩いていた裕子が栄子のそばに寄ってきて言った。

「今日お父さんにかかってきた電話、本橋さんとかいう人だそうだけど、お父さんのお金を狙ってきたみたいだったわね」

「そんな感じね。お父さんは断っていたようだけど、長い電話だったわね」

栄子はその電話のことも気にかかってはいたのだ。

「やっぱり、お父さんは、まだ相当お金を貯めて持っているのかしら」

裕子の関心は栄子とは別の方に向いていた。

「お母さんは、印刷会社の資金に充てた借金を払ったからそんなに残っているはずがないって言っていたけど、お父さんには隠し金があるかもよ」

栄子は半ば冗談のつもりで言ったが、裕子は真面目な顔をして、

「そう、あるかもしれないわよ。ところで亜佐美さんはそういうことを知っているのかしら」

「どうかしら、知っていて黙っているのかもね」

栄子は今夜の亜佐美の表情を思い浮かべて言った。すると礼治が振り返って、

「そんなことを詮索するのはよしなさいよ。お父さんの財産のことは、いずれはっきりわかることなんだから……」

と妻をたしなめた。

いずれはっきりわかるとはどういうつもりで言っているのか、と英行が礼治の顔を窺った。しかし礼治は英行に微笑んでみせただけだ。

裕子は二人の様子には気付かず、

「わたし思うんだけど、亜佐美さんて意外としっかりしてる。結構やり手かもよ……」

一瞬、皆妙に黙り込んだ。

「亜佐美さんがしっかりしているのはいいけど……」

栄子はちょっと言い迷ってから、

「でもわたしは、今日見ていても、これからきっと、お母さんとの仲が問題になると思うわ」

「そんな感じね。お母さんも案外意地っ張りだから……」

裕子が同感を示すと、英行が、

「そんな言い方をしていいのかい？　自分の親だというのに。嫁姑の問題なんて、どっちが悪いとも言い切れないだろうが……」

と腹立たしげに言った。

「まあ、あまりいろいろ言わないで、しばらくはお兄さんたちに任せておいた方がいいんじゃないですか?」

礼治が誰にともなく言った。自ずと皆口を利くのをやめて歩いた。

夜の闇に明るく浮かび上がった駅のホームが目の前に見えていた。彼らは無言のまま線路の踏切を渡って駅舎に向かっていった。

二　それぞれの思惑

そのころ、政紀の家では元一郎と米子が相次いで離れの部屋に去り、薫と彰が二階の子供部屋に行ってしまって、茶の間もすっかり片付いていた。亜佐美は台所で、いつものてきぱきとした様子で洗い物を片付け始めた。

政紀は、酒の酔いが急に醒めてくるような気分を味わいながら、台所に入っていった。

「今日はいろいろと大変だったね。お袋がどうも、ずっと不機嫌だったもんだから、英行たちがいろいろ言っていたが……」

政紀が言うのを遮るようにして、亜佐美は、

「しょうがないと思うのよ。おばあちゃんには、わかってもらうようにするより仕方がないわ」

そう言って手を止め、政紀を見つめた。

政紀は亜佐美の強い態度に今さらながら驚いた。

両親と一つ家に住むようになって二ヶ月、このごろ米子は、亜佐美が台所にいるときでなくても台所に入ろうとしなくなった。それは米子の不満の表明なのだ。政紀はそのことを気にしていた。元一郎の誕生祝いを計画したのも、一つには、亜佐美と米子が台所でうち解け合うきっかけになることを願ったからだ。だがその狙いは肩すかしを食ったようなものだった。

「まあ、そうきついことは言わず、お袋の気持ちも考えて、亜佐美がうまくやってくれよ」

政紀は亜佐美と同じ立場のつもりで言った。

途端に、

「そんなの、無理よ。とてもあなたの考えているようにはいかないわ」

亜佐美は一笑に付して、くるりと背を向けてまた洗い物に手をつけた。

政紀は妻にそうはっきり言われてしまうと返す言葉がなかった。

政紀の家族四人が引っ越しを済ませてようやく落ち着いた最初の日のことを、政紀も亜佐美も忘れてはいない。老いた親二人を加えた新しい家族六人が、朝食で初めて茶の間の座卓を囲んで顔を合わせたときのことだ。元一郎が真っ先に座卓の正面に座を占めると、米子はその脇に座って、いかにもうれしげに孫たちの座席を指図したりした。そこまではまだよかったが、台所にいて少し遅れて入ってきた亜佐美に、

「亜佐美さん、今日は初めてだからいいけれど、この次からはお茶を最初に用意しておいてね、ご飯の前に飲めるように。それからお湯飲みは、わたしたちは今までのでいいけど、政紀には好さそうなのを買ってきたから、それを使うといいわね。ついでに薫や彰も新しくしなさいよ」

いかにも姑らしく機嫌良く指図し、それを見て舅の元一郎もにこにこしている。

それはこれ以上ないくらいの穏やかな言い方であったが、亜佐美にしてみれば、言わずもがなのことであった。たちまち、亜佐美の顔が険の立った硬い表情になった。亜佐美はしかし、その感情を抑えてその場は無事に済ませた。政紀がわかってくれていると思ったからである。

その朝の食事は何となく固い雰囲気のままに終わった。政紀は早くも危惧すべきものが表面化したような気がして、食事のあと、すぐに離れの部屋へ行って米子に言った。

「前に話をして家事のことはすべて亜佐美がやることになっているんだから、食事などの用意のことも、しばらくの間は亜佐美に任せてみてくれないかな。注文はあるだろうけれども……」

政紀に言われて米子はさっと硬い表情になったが、元一郎はすぐに、

「そりゃ、まあ、それでいいじゃないか。亜佐美に任せておけばしっかりやるだろうよ。おまえさんは大奥様として亜佐美を見ていればいいんだ」

そう米子に言って、にこやかに煙草の煙を吐いた。米子は仕方なさそうにうなずいた。

その様子を見ただけで政紀はその日の勤めに出ていった。高校の教師をしている彼は朝の出勤が早いのだ。

彼は、元一郎の言ったことだけでは何も解決しないとわかってはいたが、彼としても無用な波風は好まなかったから、当面はそのままにして家族間の馴れ合い気分に任せたのである。

その後、亜佐美は次第に元気づいて家事を行なう気構えも増し、逆に米子は気力を失っ

て、ふてくされるようにさえなった。その分だけ、政紀は二人の間で気を揉まねばならないことが多くなった。

そうした中で政紀の発案で行なわれた元一郎の傘寿の祝いは、いわば家族間の馴れ合い気分に媚びたようなところがあったから、結果的に弟妹たちをも巻き込んだ形で政紀の心に後ろめたいものを残しただけだった。

こういう曖昧さの連続する中では、老若二夫婦の間に次第に深いひび割れを生じさせるようになっていくのも致し方ない。しかし政紀は、自分の考えが浅かったということよりも、米子や亜佐美を始めそれぞれに、妥協や寛容の気持ちが足りないせいだと考えた。時間が経てば何とかなると楽観してもいたのである。

高校教師の政紀が小学校教師の亜佐美と恋愛の末結婚したのは、彼が二十九で彼女が二十五のときだった。政紀はそのとき、弟妹が皆家にいたことを表向きの理由にして、いささか強引に都心から遠く離れた辺鄙な地に新居を建てた。そのころの政紀は、古い家長タイプの元一郎から少しでも逃れたいという気持ちが強く、是が非でも一戸建てを持って独立しようとして建築資金にはかなり苦心した。二人の新居が完成するとともに、亜佐美は教職を退いた。

その政紀に、元一郎が、実家に戻るよう話を持ちかけてきたのは、それから十二年も過ぎてからのことだった。政紀も子供二人を儲けて四十を超える歳になっていたから、これには驚いた。だがそのとき政紀は、元一郎が一代で興した印刷会社を次男の英行に引き継ぐ願いを果たせず、失意の底に沈んでいたこともよくわかっていたし、老夫婦二人だけの生活になった両親の行く末を思わないわけにいかなかった。彼自身、年相応に心境の変化もあったのだ。

一ヶ月余り考えた末に、彼は古びた実家の建物をすっかり建て替えることを条件にすることにした。四十年前に元一郎が建てた実家の間取りは、政紀の家族四人が同居するにはあまりに古風で不都合だったし、老朽化も進んでいたから、それを建て替えることは妻の亜佐美を説得する条件にもなったのだ。しかし今さら家を建て替えることなど元一郎は承知しないだろうとも思ったから、その場合には実家に戻ることを断念するより他はないと彼は考えたのだった。

ところが、結局元一郎は政紀の条件を飲んだのであった。そこには、自分の人生に締めくくりをつけようとする元一郎なりの目論見もあったようで、政紀もある程度までそれを推し量りながら、彼なりの計算もしたのであった。

妻の亜佐美にしてみれば、結婚後十数年も経ってから舅姑と一緒に暮らすようになるのは不安で、当初は反対した。しかし、子供が大きくなれば現在の家も手狭になるし、買い物にも不便する辺地からの脱却を実現するチャンスではあったのだ。そこへ田舎の父親が持病の喘息で急死するという事態が起こった。実家の商売はすでに亜佐美の弟が引き継いでいたし、亜佐美の母親はすでに亡くなっていたから、生まれ故郷との縁が次第に薄くなるのも確かで、それが彼女の決心をしやすくもした。彼女が夫に説得され、子供の将来と結びつけた家族の夢を都心に近い新居の上に新たに膨らませようと心に決めるまで、そう時間はかからなかった。

こうして、政紀は結婚して以来十数年間住み慣れた小さな家と土地を売り、それを資金にして、父母の住む実家を建て替える計画を立てた。元一郎は、新築についてはほぼ全面的に政紀に任せたが、その際、庭をそのまま残すことと元一郎の書斎を造ることを注文した。日ごろから元一郎には読書の趣味があることを政紀もわかっていた。政紀は亜佐美とも相談して、庭に面した位置に二部屋の「離れ」を設けて元一郎と米子の専用とすることにし、こうしてようやく新築の計画がまとまった。

それが去年の秋のことで、その前後のころは何度か、政紀と亜佐美が二人の子を連れては実家に行った。新しい家族の成立に向けての希望を持ったがゆえに、亜佐美も米子もまことに和やかな雰囲気に終始した。

実際政紀は、亜佐美が米子と新しい家のことで話し合う様子を目にしたとき、しっかり者の亜佐美と寛容な米子の組み合わせならば、孫二人を加えた三世代家族の理想的な家庭が可能ではないかと本気で思った。そういう形で親の老後を見てやれるならば、息子としてもこれに勝ることはない。新旧二者の考え方の対立も起ころうし、この先にも苦労はいろいろあるだろうが、自分たち若い夫婦が一家の中心になってうまく手綱を引いていけばよいのだと思った。彼はそういう考えを弟妹たちにも語って聞かせ、彼らの同意を取り付けたのであった。

ところが、新しい家が完成し二家族一緒になって二ヶ月も経たないうちに、政紀の思い描いていたような三世代家族の和みどころか、政紀自身、親兄弟や、さらには妻との間にさえも、思いがけない食い違いや衝突を強く感じるようになったというわけである。当初米子は、家事の一切を亜佐美に任せるということに同意したが、それは、長男の政紀が帰ってくることを何よりも望んだ老夫婦の表面的な譲歩であるにすぎず、そこには亜佐美という賢い嫁を見込んだ元一郎のしたたかな目論見も隠されていたことを、彼は追い追い思い知らされることになるのである。

政紀は朝勤めに出ていくと、大抵夕方にはきちんと帰ってくる。学校勤めは役所勤めとよく似て割合規則正しいものであるらしく、政紀はそれが性に合っているのだった。

元一郎の傘寿の祝いが終わって二週間ほどが過ぎた。ある日の夕方、政紀がいつものように帰宅すると、亜佐美が迎えに出てこない。台所にいるらしい音はするのだが、返事もない。

米子の声も聞こえたような気がして、廊下から台所に入っていこうとすると、茶の間の入り口に座り込んでいる米子に気がついた。亜佐美は台所にいて調理台に皿を並べていたが、ゆっくりとした動きで振り向き、彼を見た。にこりともせず、不快感を抑えたような顔である。

どうかしたのか、と言いかけて、また米子を見ると、こちらも口をへの字に結んでいかにも不機嫌そうだ。二人で何か口論でもしたのかと政紀は思った。

「おばあちゃんがさっきからそこへ座っていて、動かないの」

ようやく亜佐美が彼に言った。

「どうかしたの？　お母さん」

政紀が問うと、

「別にどうもしないよ。ここに座って、亜佐美さんのすることを見ているだけよ。さっきからそう言ってるんだけど……」

米子は平静を装って言った。政紀が不審そうな顔をすると、

「亜佐美さんが全部やってくれて、わたしは何もすることがないんだから、お父さんから言われたように監督してればいいんだから……」

「監督？」

政紀は驚いたが、そういえば元一郎がそんな言い方をしていたと思い出した。

亜佐美が困惑した様子で、

「そこは部屋の入り口だから邪魔だし、わざわざ見ていてくれなくてもいいからお部屋へ行っていてくださいって、さっきから言っているんだけど……」

と政紀に説明すると、米子はさらに気色ばんだ顔になって、

「別に邪魔もしていないでしょ。それとも亜佐美さん、こうやってわたしが見ていちゃ、

いけないの？　何か都合が悪いことでもあるの？」

亜佐美は黙って米子を見ている。こんなふうに米子が正面切って亜佐美に文句を言うのも、今までにないことだ。

政紀はとにかくこの場を無事に収めようとして、

「わかった。とにかくお母さん、ご飯の用意は亜佐美に任せることになっているんだから、そんなところで見張っている必要もないでしょう。それじゃ亜佐美もやりにくいから……」

そこまで言ったとき、玄関でドアの開く音がした。

「こんちは――」

政紀が出ていくと、すぐに英行が上がってきた。

「近くまで仕事で来たもんだから寄ってみたんだ。お母さんがどうしてるかと思ってさ」

廊下を来ながら政紀にそう言うと、英行は遠慮もなく茶の間に入っていこうとした。台所に向かって座り込んでいる米子を見ると、

「なんだ、お母さん、そんなところに座り込んで何してるんだい」

後ろから声をかけた。米子は振り向いて急ににこにこしだして、

「今、亜佐美さんの働きぶりを見させてもらっていたのよ」

「へえー、お母さんもやることがなくなって、よっぽど退屈なんだろう?」

「お陰で楽でいいと思ってるのよ。なにしろ、亜佐美さんが働き者だから……」

「たまには手伝えばいいんだ」

「とてもとても……。手出しなんかしたら、かえって邪魔だもの」

米子が英行を相手にして調子づいてしゃべっているのが、亜佐美には嫌味にしか聞こえない。彼女がたぎり立つ感情を抑えようとしているのは、その手の速い動きから政紀にも伝わった。

英行も思わしくない空気を感じたらしく、体の向きを変えて言った。

「さて、お父さんのところへ行ってみよう」

「お父さんならあっちの部屋にいるわよ。何か話でもあるの?」

米子が立って英行と一緒に行こうとした。

政紀はいたたまれぬような、いらいらした気持ちになって、鞄を持つと、二階の自分の部屋へ置きに行った。亜佐美が憤懣を抑えた顔で彼の後ろ姿を見送った。

間もなく、茶の間の方から台所へ向かって叫ぶ米子の声が、二階にいる政紀にも聞こえてきた。

「亜佐美さん、悪いけど、お茶を持ってきてくれる？　聞こえたかしらあ？」

妙に間延びした言い方だ。そのわざとらしい米子の声が政紀には腹立たしかった。少し間をおいて、亜佐美が台所で答えた。

「はい、わかりました」

こちらは何かを押し殺したような低い声だ。

政紀は部屋に入ったところで上着を脱ぎかけて、階下の物音に耳を澄ませた。亜佐美が元一郎の部屋へ行くらしい気配が感じられる。湯飲みを盆に載せて運んでいったのに違いない。

やがて台所に戻ってきた亜佐美が、再び食事の用意に取りかかる物音がしたようだった。政紀はシャツのボタンに掛けた手を止め、そういう妻の気持ちを想像した。それは手に取るようにわかるような気もしたが、あとで亜佐美にどんな話をしたらよいかと思うと、彼の考えはうまくまとまらなかった。さらに、家事を亜佐美に取られたと思い込んでいる米子の気持ちにどう対応すればよいのか、それがわからなかった。

十五分ほどして英行が台所の亜佐美に何か一言挨拶の声をかけ、見送りも受けずに玄関を出ていくのを、政紀は自分の部屋の椅子に掛けたままで耳にした。彼は英行の存在に我知らず嫌悪感を抱いていた。

政紀は階下に降りて台所に入っていった。

「英行は帰ったようだね……」

彼の声に振り向いた亜佐美の顔に、先刻の感情的な色がそのまま表れていた。

「お母さんがどうしたいのか、わたしにはわからないわ。好きなようにすればいいとも思うけど……。とにかく、あなたのお母さんには、お母さんの考え方が何かあるんでしょう」

亜佐美はまた流しに向き直り、夫の不甲斐なさを指弾するかのように背を向けたまま言った。

「この家を建てる前に、あなたのお父さんやお母さんと話し合ったことは何だったの？わたしは何だか、みんな無駄だったような気がしてきて、どうしたらいいのかわからないわ」

「まあ、ときどき話し合ったりもしながら、少しずつわかり合っていくようにするより仕方がない。相手は年寄りなんだから、結局はこっちで考えなければならなくなるんだ」

政紀は妻の背中に向かってぼそぼそと言った。洗い物をする亜佐美の手の動きが少し緩んだが、彼女は何も言わなかった。

それから政紀は離れの部屋へ行ってみた。元一郎が浴衣姿で部屋の端近くまで出て庭に向かって胡座をかき、煙草を手にしていた。そばには米子も座っている。二人とも何となくにこやかだ。政紀は不思議に思った。

廊下側のところには英行が座っていたらしい座布団が一枚、そのままになっていた。政紀は構わずにその座布団に腰を下ろした。

「英行は何の話をしていったの？」

「おめえはまだ聞いてなかったのか？　なあに、大した話でもないんだが……」

と、元一郎はさほど興味もなさそうに目をしばたたいてみせた。

すると米子が、すぐに口を挟んだ。目を輝かせているのが政紀にもわかった。

「英行が今の会社で九月から課長代理になるんだって。営業部の何課とか言ってたわ」

米子にとっては予想外な、よい知らせであったらしい。

「とにかく、英行が大分元気になった。仕事がうまくいくようになったんだろうな」

元一郎もそう言って、安堵したように微笑みを見せた。

政紀は、英行のことでそんなふうに両親が揃って喜ぶ顔を見せるのは、英行が大学工学部の入学試験に合格したとき以来であるような気がした。

英行が最初に就職した家電関係の会社を辞めたあと、現在のＡＫ商事という会社に勤めるようになってから六年ほど経つ。今日の話の様子だとその会社に落ち着いて、途中入社ながら仕事の成績を上げて認められたものと見える。政紀にとっても、それは朗報と言ってよかったのだ。

だが、兄である自分に対する英行の態度が、彼には不愉快だった。

英行は政紀より三つ下の四十歳で、子供のころは兄の政紀に従順な弟だったが、その後は年ごとに独立心が旺盛となって政紀も手に負えなくなった。二十代のころから父の元一郎とたびたび衝突するようになって、その後三十七歳のときにとうとう家を出てしまった。それにもかかわらず最近は元一郎に取り入るような態度も見せ、一方でことさら兄を無視しようとしているように見えるのだ。元一郎や米子の喜ぶ顔を見るとなおさら、中堅クラスの会社の課長代理になったからと言ってそれほどでもあるまいに、と彼は言ってやりたかった。

「でも英行は何を考えているのかね。このごろ、どうも俺や亜佐美には知らん顔をして、お父さんやお母さんのところへ行ったりするので、どういうつもりなのかと思っていたんだが……」

「英行は自分でやっていくさ。今日もそういう話はした。もうおめえが英行のことまで、いちいち心配しなくてもいいだろう」

元一郎はそう政紀に言ってから、少し難しい顔になって、

「英行は何か自分で始めたい仕事があるので資金がほしいと言ったがな、今資金などやるわけにはいかねえから、それは駄目だと言ったんだ。だがいずれは、英行には何か考えておいてやらなきゃいけねえと思う」

そう言って元一郎は政紀の顔色を窺うようにして、

「とにかく、そういうことは俺がちゃんと考えておくから、政紀は心配しなくていい」

重ねて言うので政紀は黙ってうなずいた。

彼は元一郎の言ったことに特別不満はなかったが、英行がわざわざやってきて、元一郎から何かの資金をほしがったらしいということが気にかかった。

元一郎の蓄えた金がどのくらいあるかということについては、当の元一郎がはっきりしたことを言わないし、米子もそれに調子を合わせたような態度である。政紀が彼の弟妹た

ちに問われて「どうせ大した額ではないんだろう」と否定的なことを言うと、英行などはかえって彼を疑うようなところがあった。元一郎の前歴からして政紀も気になったので、以前に一度だけ、単刀直入に訊いてみたこともあったが、

「俺の持っている金なんてものは、大して残っちゃいねえさ。借金を返したりして、大分使っちまったからな」

元一郎はそう言って笑っただけだった。

だが、元一郎の傘寿の祝いをした日にかかってきた電話の様子では、元一郎の蓄えた金は相当ありそうにも聞こえた。英行はそのへんを当て込んで、元一郎にあらかじめ要求しておこうと考えたのだろうと政紀は思った。

「英行も早く身を固めてほしいよ。どんなお嫁さんをもらうことになるのか知らないけど……」

米子は座卓に肘をつき、にこにこしながらつぶやいた。

学業成績のよかった英行に余計な期待をしたためにかえって激しく反発され、あげくに家を出ていかれてしまったはずなのに、米子は英行に対する母親らしい思いやりを捨ててはいない。

元一郎は笑いながらも、そんなことはどうでもいいとでも言うように、煙草の火をしきりと灰皿に押しつけていた。

やがて、茶の間で少し遅めの夕食が始まった。

朝は自ずと年寄りとは別の時間の食事になるからまだしも、政紀はこのところ、夕食の時間が何となく気詰まりだった。亜佐美と米子が互いの折り合いの悪さを押し隠しているのがわかるから、彼には耐えられない気がしてくることがある。

夕食のときには大抵、茶の間で六人が揃って大きな座卓を囲むことにしている。米子と亜佐美の間に炊きたての飯の入った炊飯器がそのまま置かれる。亜佐美の脇には彰と薫が並んで座り、続いて政紀が元一郎と隣り合わせで座ることになる。そうして亜佐美はもっぱら夫と二人の子の世話を焼くのに余念がないかのようであり、米子は隣の元一郎の給仕をするだけである。元一郎はたまに誰にともなく突拍子もないことを言って、ときには皆を笑わせたが、何だかわざとらしくて白けさせてしまうこともしばしばだった。

亜佐美は平日の昼などのように政紀が不在のとき、年寄り二人は別に離れの部屋で亜佐美の用意した食事を取るようにし向けたらしい。それを知って政紀は、確かにその方が平穏無事に違いないと思うのだった。

今日は亜佐美と台所で衝突していたからどんな具合か、と政紀が米子のことを気にしていると、意外なことに、米子はにこにこ顔で茶の間に入ってきた。そしてしきりと薫や彰に向かって笑いかけて、

「さっき英叔父さんが来てね、今度課長代理になったんだって」

「カチョウ、ダイリって、何？」

八歳の彰が鸚鵡返しに訊いた。

「会社に行っていてね、偉い人になったんだって」

「カイシャって、どこ？」

彰は米子が答えるごとに聞き返したので、政紀も亜佐美も思わず笑った。元一郎も米子に調子を合わせて声を上げて笑っている。その一時の和やかさが米子の狙いに違いなかったが、そんな様子を見ながらも、政紀は次第に一人で黙り込んでしまうのだった。

老父母を思うことに心が傾くあまりに、自分たちの本来あるべき幸せを犠牲にしてはいないか。政紀はそんな疑いに囚われると、それとなく箸を止めて妻や子を見つめるが、亜佐美は子供の相手をすることにかこつけて、そんな夫を見て見ぬ振りをしていた。

政紀の子供時代から記憶をたどってみても、米子は滅多に病気らしい病気をしたことがなかった。真夏の暑い日々となってから、その米子が風邪を引いたと言って朝から寝込んでいた。

政紀たちと同居するようになってから心労が重なり、次第に米子の体を弱らせていったのではないか。勤めから帰る電車の中で、政紀はそんなふうに気にかかった。

「お袋の具合はどうなの？」

帰宅して亜佐美の顔を見るとすぐに彼はそう訊いた。

「お母さんは大したことないみたいよ。お昼のお粥（かゆ）は少し残したけれど……」

亜佐美は彼に答えるとまた台所に戻っていった。

元一郎は昔の仕事仲間に会いに行ってくると言って出かけ、まだ戻っていなかった。政紀は二階の部屋に行って着替えると、階下に戻って米子の寝ている離れの部屋に行ってみた。

米子は、政紀の顔を見ると、急に何とも言えない優しげな表情を見せた。

「お母さんが寝込むなんて珍しいね。具合はどうなの、頭が痛いというのは治ったの？」

「ああ、どうせ夏風邪だから大したことはないけど、今日は一日ずるをすることにしたんだよ」

米子はまるで甘えた子供のように、媚びた笑いを浮かべたが、

「亜佐美さんは何してるの？　さっきから音がしているけど」

「亜佐美は、ご飯の支度だろうけど、何か用があったの？」

米子はふてくされたように横を向いた。亜佐美に放っておかれている不満を政紀に訴えているようだ。政紀はこのごろ、米子が急に子供じみてきたように見えて仕方がない。

何かにつけて亜佐美にはかなわないと、米子は思い始めたのだ。それで取り残されていくような惨めさに耐えられず、不満をぶつけてくるのだろうと政紀は思う。だが亜佐美が米子に意地悪く接しているとは思えないから、彼は黙っている。

元一郎は、そういうことを知ってか知らずか、亜佐美という嫁を入れたことに満足している様子を隠そうともしないから、米子の不満は鬱屈する他はないのである。

米子は以前から仏壇の世話を欠かすことがよくあり、元一郎にしばしば小言を言われていた。ところが亜佐美は元一郎に言われるまでもなく、仏壇の花を絶やさず、その辺りの掃除にもよく注意していた。他にも、例えば庭にある鉢植えの水やりにしても、米子は雑なやり方をするので始終元一郎の機嫌を損ねていた。亜佐美はたまに元一郎に言いつけら

れるとすぐに、誰よりも丁寧な水やりをする。それが米子のやり方を意識しているのであることは、政紀にもわかる。それで政紀は元一郎に向かって、鉢植えの世話ぐらい自分でやるようにすればよいと折りにつけて言うのだが、元一郎は米子に命じておいて、あとで叱ることを繰り返すのである。

その日元一郎は夜遅くになって帰ってきた。酒を飲んで少々足元がふらつく様子で、額には汗の玉が見え、白い開襟シャツが汗で汚れていた。洋間にいた政紀が何の気もなく迎えに出ると、

「遠藤と本橋が引き留めるもんだから、遅くなったんだよ」

元一郎は息子を見て気軽に言ったが、それを聞いて政紀は驚いた。今ごろになって遠藤や本橋らと旧交を温めるというのは、どういうつもりなのかと思った。

だが元一郎は意外なほど上機嫌で、

「遠藤さんを、おめえも覚えているだろう。今日は十何年かぶりに会って話したんだ。もう大分老け込んじゃったがなあ」

ちょっとしんみりした声になったが、その顔には旧交を温めた満足感が表れていた。

遠藤といえば、政紀の頭の中には無精ひげを生やした男の顔が浮かぶ。あまりよい印象

れた。

ではない。どんな話をしたのか聞きたくもあったが、目の前の元一郎の酒臭さに気をそが
　元一郎が離れの部屋へ行こうとすると、亜佐美が政紀の後ろから顔を見せて、米子の病
状を簡単に報告した。

「ああ、そうかい、大したことはねえんだろうよ」

　そう言って行こうとする元一郎を、追いかけるようにして亜佐美が言った。

「おじいちゃん、お夕飯はいいんですか？」

「ああ済ませた」

　元一郎が事もなげに言うので、亜佐美は引き留めて、

「あの、この前も、わたし、お父さんに言ったんですけど、お帰りが遅くなるときは早め
に電話で知らせてください。お夕飯の用意の都合がありますので、すみませんが……」

「あ、そうかい、うん、うん……」

　面食らったような元一郎の返事が、政紀の耳にもはっきり聞こえた。

　以前の元一郎ならば、よほど遅くなって米子が心配しだすと思うようなことでもなけれ
ば、出先から家に電話するなどということはしなかったのだ。元一郎の都合に合わせて適

当にやってきた米子が台所の実権を失うと、思わぬところへ波及効果が出てきた。嫁から注文を付けられて、果たして元一郎がその通りにするかどうか、と政紀は疑った。

案の定、その後も亜佐美の注文は元一郎によって守られることはなかったのだ。亜佐美は仕方なく、元一郎の帰りが遅いときは食事を別に用意してあとの片付けを米子に頼むようにしたが、用意したものが無駄になることも多かった。そういうことの心労心痛が亜佐美の心の奥底にどのように積み重ねられていったか、もとより元一郎は推し量ろうともしないのだった。

それればかりか、知人と会って遅く帰ってきたときなどには主の貫禄を見せつけるかのように、玄関を入る早々酒の酔いにかこつけ上機嫌の振る舞いを見せ、迎えに出た亜佐美に詫びの一言も言わない。亜佐美が口を利く気も失せた顔をしていても、それには気付かぬ様子で離れの部屋に行ってしまうのであった。亜佐美はそういう元一郎に、ひどく欺瞞的なふてぶてしさを感じて嫌悪こそすれ、政紀のような寛容な態度を示すことはなかなかできそうになかった。

珍しく米子が病気になって寝込んだという話は、何日もしないうちに政紀の弟妹たちに伝わった。発信元は米子自身であった。

「何だか頭が痛くて、ちょっと寝てるのよ。亜佐美さんに迷惑かけちゃうから早くよくなろうと思ってね。見舞いなんて大げさになるから来なくていいよ。亜佐美さんも気にするだろうし……」

　米子は電話口でそんなことをしゃべった。

　栄子はそれを聞いて特に心配するほどでもなさそうだと思い、自分の都合もあったので見舞いに駆けつけたりしないことにしたが、夜になってから、裕子から電話がかかってきた。

　一番下の裕子は栄子より六つ下で、千葉にある製菓会社に勤めを持ちながら一人でアパート暮らしをしているが、彼女は以前から売れっ子のシンガーソングライターの追っかけファン仲間に加わっている。それは両親に内緒の趣味のつもりで、他にも何であろうと話したければ姉の家に電話をしてくるのが彼女の習慣だった。

「お母さんが寝込んだなんて聞くと、びっくりしちゃうわ。病気なんかしたことないものね」

　栄子が電話に出ると裕子はすぐにそう言った。

「でも、お母さんがやることがなくてノイローゼになったわけでもないし、心配するほどでもないわよ。ただの風邪でしょ」

栄子は軽くいなそうとした。互いに米子と亜佐美の間柄をいろいろ想像しないではいられない。

「お姉ちゃんはどう思っているか知らないけど、お兄さんも総領の甚六で、意外にぼーっとしているところがあるから、何でも結局、亜佐美さんにリードされちゃうんじゃないかしら」

「それはわたしも、ありそうな気がする」

「わたし、気がついたんだけどさ、亜佐美さんは決してお母さんて呼ばないんじゃないの？　いつも必ずおばあちゃんって言うわよ。お父さんに対してはそうでもないのに」

「あら、そうだったかしら。薫ちゃんたちがいるからでしょうけど……。でも、わたしたちだって、亜佐美さんて言っているけど、本当はお姉さんて呼ぶんじゃないの？」

「あ、そうか。でもお兄さんたちが戻ってくるなんて思わなかったし、今さらお姉さんとも言いにくいなあ」

それもそうだと栄子も思う。

「でも裕子、亜佐美さんにはお父さんもお母さんもお世話になるんだから、そういうことも考えておかないとね。英兄（ひでにい）さんはあまり頼りにならないみたいだし……」

「うん、わかってる。それにしても英兄さんは、ほんとに生涯独身のつもりなのかしら。もう四十歳よ。滝本（たきもと）さんとか言った、あの女の人はその後どうしたのかしら……」

裕子が言うと、一瞬、二人は沈黙した。英行は元一郎と衝突して家を出たには違いないが、そのころ付き合っていた「滝本」という女性との失恋の痛手もあったはずだと思うから、同情もしたくなるのだ。

「英兄さんのこともそうだけど、それより、裕子だって、もうとっくに三十過ぎでしょ。早く身を固めて、親を安心させなさいよ」

「うわあ、来た来た……。わたし、今のところ会社の営業で少しは責任持たされて頑張ってるんだから、もう少し待ってね」

「まだそんなこと言ってるのね」

栄子はそこで電話を終えた。

リビングのソファーで栄子の電話のやりとりを耳にしていた礼治は、手にしていた新聞を置いて言った。

「栄子、お兄さんの家のことで、あまり口を出さないようにした方がいいぞ」

「うん、わかってる」

栄子はうなずいてみせてキッチンに戻った。

二人は証券会社に勤めている間に恋愛結婚した仲であるが、共に晩婚で、子ができぬままでもう十年になる。だがその分だけ二人は結びつきを強めたかのようで、栄子は現在デザイナーの職を持って礼治と共働きの形だが、マンションでの二人暮らしに何の不満も感じてはいない。


週末になると、英行が栄子を訪ねてきた。礼治はゴルフの付き合いがあって留守だった。

営業の仕事で近くへ来た帰りだという英行は、上がってお茶を飲んで行きたいと言った。

「お母さんが珍しく風邪を引いたって言うから、どんな具合かと思って……」

「どんな具合かって聞きにわたしの家に来たの?」

栄子はそう言って笑いだしたが、何となく兄夫婦のいる実家に行きにくいのは似たようなものだった。老いた親を兄に押しつけた形にして、当たらずさわらず、当面は模様眺めという気分があるのも争えない。

「亜佐美さんはしっかりしすぎだよ。お母さんは働き場所がないみたいじゃないか。それでふてくされて病気になったりするんだ。栄子もそう思っただろう?」

と、相変わらず英行は兄夫婦への不満を隠そうとしない。栄子の入れたコーヒーを一口飲むと、さらにこう言った。

「だけど兄貴のところはどうなんだい、結局うまくいかないいんじゃないか。栄子はどう思う?　あの親父は頑固なんだから、どうしようもない。でも、そこは兄貴がちゃんと考えてやってくれなくちゃ困る。三世代家族とか言って、承知の上で自分から入り込んでいったんだからな」

「亜佐美さんは、お父さんとはうまく合いそうだけど、お母さんとうまくいかない感じね。どうなるのか、わたしも心配だわ」

栄子もついついこの兄の方に調子を合わせてしまう。

「とにかくあの兄貴は、脳天気みたいなところがあるからな。教員なんかやってると、ああなるのかな。現実を知らないというか、何というか……」

「お兄さんの悪口を言ったって、しょうがないでしょう」

栄子が軽くなじると、英行は苦笑しただけで何も言わない。

「でも、お母さんも何だか、だらしがないみたいで嫌だわ。もっとちゃんとしてほしい。あれじゃお兄さんたちも大変だわ」

栄子が言うと、英行は立ち上がり、出窓に近寄って外を眺めた。三階の部屋ではあるが、向かいは別のマンションの薄黄色の壁に塞がれ、格別見るものもない。

やがて彼はつぶやくように言った。

「そんなこと言ってもしょうがない。あのお袋には気楽に、好きなようにして過ごさせてやればいいんだよ。今まで大変だったんだから……。兄貴もそのぐらい、わかっているだろう」

栄子は頬杖をついてテーブルの一点を見つめた。いじけたような顔をして何もしゃべろうとしない米子の顔が、彼女の目に浮かんでいた。昔は厳しい顔も見せた母親だったのにと彼女は思う。

長男の政紀以下、英行、栄子と二、三年おきに子が生まれているが、四人目の裕子が生まれるまでに六年空いている。その裕子はひどく野放図に育てられたように、栄子には思われてならない。そこに不公平な感じを持ったこともあった。

こういうことの意味を、栄子はずっと疑問に思ってきて、ようやく少しずつわけがわかってきたような気がするのだ。自分の幼いころ、父と母は最悪の関係にあったのではないか。その陰で幼い自分は疎かにされたのではなかったか。

栄子が二十代になってからも秘かにそういう悩みを持ち続けてなかなか結婚に至らなかったのも、両親の不和が続いた家庭の空疎な空気のせいだという気がしてならない。だから栄子はこれから先、親の面倒を見るような気にはなれそうにないと思ったりする。

「俺は、親父は親父で、大変な時代を生き抜いて家族のために働き続けてきたということを、認めてやってもいいけどね……」

不意に英行が振り向き、栄子を見て言った。

「その代わり、財産分けはちゃんとしてもらう。いくら親父に気に入られたからと言っても、兄貴の自由になんかさせない。俺が親父の言いなりになる理由はないんだからな。栄子もこのことは覚えておいてくれよ」

元一郎が昔から蓄えていたらしい金のことを、この兄は言っているのかしらと栄子は思った。そのことをわざわざ栄子に言いに来たのかもしれなかった。だがデザイナーの仕事を持って共働きしている栄子は、今夫との生活に満足をしており、元一郎の隠し金のことなどあまり当てにする気はない。

むしろ栄子は、英行が父や長兄の存在に関して想像以上に拘りを持っていることを知って驚いた。それは必ずしも父の金目当てということだけではないのかもしれないが、政紀に対するコンプレックスみたいな、どろどろした感情があるように思えて、栄子は不快な気さえしてくるのだった。

三　過去の因果

昔の仲間の遠藤庄吉（しょうきち）から元一郎に電話がかかってきた。最近になって電話をしてきたのは本橋専次の方で、遠藤の電話は何年ぶりかのことであったから、米子は何の話かと気になった。話の中身はよくわからなかったが、昔付き合いのあった者たちの噂話のようだった。

元一郎は受話器を持って背を丸め、しばらく遠藤と話し込んでいた。電話が終わると米子には何も言わずに自分の部屋に戻った。何となく気になった米子がお茶を持って様子を見に行くと、元一郎は机に向かって座り、右手に持った煙草をくゆらせながら何ごとか考え込んでいた。部屋には煙草の煙が充満している。

「あんた、いい加減に煙草を止めたらどうなの。血圧によくないって、橘先生にいつも言われてるじゃないの」

米子が見かねて言った。

こういうとき元一郎は大抵生返事をするだけだ。病院で主治医の話を聞いているときでも、医者の話など信じないとでも言うように、元一郎はよく生返事をすることがある。煙草が血圧によくないというのは何度も聞かされていることだからなおさらだ。

元一郎に無視されて米子はぷいと横を向き、部屋を出ていった。

翌日の午後遅く、米子が居間でしていた縫い物を片付けようとしたところへ、元一郎が来て言った。

「これからちょっと出かける。遠藤さんに会ってくるんだ」

元一郎は浴衣を脱いで白い開襟シャツに着替えて出かけた。

遠藤に会うと聞いて米子の顔は曇った。

元一郎八十歳の誕生日を祝った日、しばらくぶりに本橋専次から掛かってきた電話に出たあと、元一郎がどことなく興奮気味でもあったことを米子は思い出す。その一ヶ月ほど後に遠藤、本橋と三人で会って酒を飲んだようで、帰ってきたとき元一郎は上機嫌だった。

その様子を見て米子は、昔を懐かしむ程度であまり発展せずに三人の付き合いが止むのかと思っていた。

だが、そうでもなかったようだ。今回は遠藤と二人だけで会うという、そのことが米子を少しばかり不安にした。

随分前のことだが、長男の政紀が小学校に上がるころまで、戦争後の闇市時代に組んだ仲という遠藤庄吉や本橋専次が元一郎のところへたびたびやってきた。元一郎は本橋に対しては「専次」と呼び捨てにしたが、遠藤には「遠藤さん」と言っていた。遠藤は元一郎よりいくつか年上で、二人が知り合ったのは軍隊時代からだという。三人の話題はほとんど互いの仕事の話のようだったが、米子には遊び仲間のような印象もあった。

そのころ、元一郎は印刷製本業の会社を始めて、戦後ようやく訪れた経済発展の波にも乗り、彼の仕事は順調に伸びていた。一方の遠藤庄吉は紙の仲買をする会社を営み、これも大いに景気がいいようだった。本橋専次は小さな運送会社を持っていたが、怪しげな物資の横流しにも手を出しているようだった。

印刷製本の仕事は、印刷見習工として苦学した元一郎の、貧しい少年時代からの夢であったから、そういうことを何度か聞かされていた米子に何の不満もなかった。だが元一郎は闇市時代の縁で荒稼ぎの味が忘れられず、相変わらず遠藤と組んで本橋を使い、裏ではあくどい稼ぎもしていたらしい。そのころから何年もの間、米子は元一郎の派手な金遣いに悩まされることになるのだった。

八十歳になった元一郎が昔の仲間と組んで新たな仕事を始めるとは思えないのだが、闇市以来の腐れ縁が何かの形で再現されるのではないか、と米子はやり切れない思いに駆られた。


元一郎がＪＲ線大久保駅の改札口を出てガードの脇で待っていると、遠藤庄吉はじきに現れた。

頭はすっかり禿げ上がっているが代わりに顎ひげを生やし、鋭い目は昔のままだ。着古しの赤茶けた色の木綿のシャツを着て、少し痩せたのか、顔の皺が目立つから八十二という歳を聞いても驚かないが、足腰はまだしっかりしている。相変わらず酒が好きなのは、前回新宿の飲み屋で本橋と三人で会ったときに、元一郎も確認済みだった。

「こんなところで待たせて悪いな。すぐそこなんだよ」

遠藤はしわがれた声で言い、自分の行きつけの飲み屋に元一郎を案内した。

それは細い路地を入ったところにある薄汚れた感じの焼き鳥屋で、開いたばかりでまだ客のいない店内へ、遠藤は先に立って入っていった。奥の隅に席を占めると彼はすぐに酒の注文をした。前掛け姿の中年の男が注文を聞くと、返事を一つしただけでカウンター席の向こう側へ入っていった。

「元さん、あんた、俺の女房のこと、知ってたっけかな」

遠藤が言った。前回三人で会ったときは昔の思い出話ばかりで、元一郎も昔の呼び名である「元さん」に戻されていた。

「いや……」

元一郎には遠藤の女房に会った記憶がない。新宿の闇市で仲間になって以来、遠藤には何人か親しい女がいたのを知っていただけだ。前回会ったときも、その後の家庭のことについては、互いに意識的に触れようとしなかった。

「珠美（たまみ）のバーにいたキミ子だよ。覚えていないか?」

遠藤は意外なほど真面目な顔で言った。

キミ子と聞いて、口数の少ない白い顔の女が元一郎の頭に浮かんだ。その店では遠藤も彼も「キミ子」と呼び捨てにしていた。キミ子は大抵カウンターの向こうにいて、ときどき顔を上げて客に答えながら、注文された料理を用意したり洗い物をしたりしていた。戦災で家族を失った薄幸の女だった。遠藤とは二十ぐらい歳が違うはずだ。

「キミ子か。ああ思い出したよ。キミ子といつ結婚したんだ？」

「いつだったか忘れたよ。籍に入れたのはずっとあとだ」

「でも、よく結婚する気になったな。遠藤さんの好みとは思わなかったがな」

「そうかもしれねえが、あれでなかなかいい女だよ。それに、女房にするにはああいうおとなしい女がいいと思ってな」

遠藤はそう言って笑ったが、何となくしんみりした言い方なのが元一郎には変な感じだった。

「うまいことを言って、他に結構女を作っていたんだろうが……」

元一郎がわざと憎々しげに言うと、

「俺はおめえみてえに、いちいち入れあげなかっただけのことよ」

遠藤は平然と言った。

「それで珠美はどうした？」

元一郎が思わず言った。言ってから、余計なことを訊いてしまったと思った。

「珠美は、店を畳んでからどうしたか、俺は知らねえよ。それは元さん、おめえの方が詳しいんじゃなかったのか？」

「そうか……。しかしその後のことは、俺にもわからないんだ」

元一郎は猪口の酒をごくりと飲んだ。

珠美の西洋人形のような愛くるしさが気に入って、その店に三年ぐらい入り浸ったことを彼は思い出す。付き合ってみると予想以上に気だてのいい女だった。酔っぱらって珠美の部屋に泊まり込んだことも何度かあった。彼がまだ四十代のころで、親類が勧めてきた世間知らずの娘米子と見合い結婚して十年余り経ち、政紀、英行、栄子の三人の子がいた。東京オリンピックの盛り上がりの中で彼の印刷製本の会社も順調に地歩を固め、戦争直後の貧しさがいまだ消えない世の中にあって生活に困ることはなかった。

元一郎は一時期珠美とかなり深い関係になり、米子に感づかれて家庭騒動になりかかった。それで彼の足が珠美の店から遠のいたのだが、しばらくしてまた店に行き始めたある日、珠美は店を他人に譲って姿を消してしまった。誰かパトロンのいそうな話を、彼が珠美自身から聞かされて間もなくのことであった。

そのころ遠藤は、紙の卸業で儲けたあとの商売替えを画策し始めていて、その後何年かして五十歳を過ぎたころに、大久保でホテル業を開始した。その遠藤も、現在はホテルの権利を人に渡してしまい、キミ子と二人でアパート暮らしなのだという。

「そのキミ子が癌になったんだ。子宮癌だそうだが……」

遠藤が自嘲気味の笑いを浮かべて言った。

「えっ、そうだったのか……」

元一郎は遠藤の顔を見つめた。この男は何が言いたいのか——。

「医者に行って、それがわかったのはついこの間なんだがな、俺も食い詰めてな、治療費が足りねえんだよ」

元一郎の顔から少しずつ血の気が引いていった。すると遠藤の顔は逆に血が上ってどす黒くなり、目が異様な光を帯びてきた。

「おめえ、貯め込んだ金がまだあるだろう。俺にいくらか回してくれねえか」

遠藤の言葉は短かったがそれなりに考えた末の決心を窺わせ、それを聞く元一郎にはほとんど脅迫に近かった。遠藤は珠美とのことを始め、元一郎の過去の秘密を握っている男なのだ。

もう五十年以上も前、闇市での仲買を手始めに、トラックを持っていた本橋専次も加わって三人で次々と金儲けをしていたころ、元一郎の才覚と遠藤の実行力が両輪だった。自分の起業のために資金を得たかった元一郎は、知恵を絞って遠藤や本橋を動かし、彼自身の利益を蓄えた。大金を独り占めしたことも何度かあり、彼はそれを自分の特権のように思っていた。金儲けの他にも、彼が女のことでトラブルを起こしたときに、遠藤の助けを得て急場を凌いだことも一度ならずあったのだ。そのころの遠藤はブローカーとして意のままに動く手下もいて、ときには暴力的な脅しも平気でやっていた。

世の中が変わり、何年も会わずにいて元一郎が過去の因果と離れた気でいても、遠藤庄吉との間には探せば脅しの種にもされかねない腐れ縁が残っていたのだ。

「助けたいのは山々だが……」

元一郎は頬を押さえて困惑した顔を見せた。

「俺だってそんなにいつまでも金があるわけじゃねえさ。回してやっても返ってくるかどうかわからねえしな……」

遠藤がむっとした目で元一郎をにらんだ。

「俺は正直に、キミ子の治療費がほしいと言っているんだ。こんなことはおめえにしか頼めねえと思うから言っているんだ。少しぐらい無理をしてくれたっていいはずだぜ」

「だから俺も正直に言っている。もう会社も手放したし……」

「俺を誤魔化そうったってそうはいかねえよ。ここまで言ったからには、おめえの過去をばらすことだってやるぜ、俺は……。おめえの家がどうなったたって知らねえぞ」

「そんなことはするな。互いの家庭のことには手を出さないという約束が、ずっと前から俺たちにはあるじゃねえか」

「ふん」

　遠藤は鼻先で笑うような顔をした。

「そう何でもおめえの都合のいいように進むわけじゃねえ。大体互いに家庭のことに手だか口だか出さないという約束はあったにしても、困っても助けないという約束はしてねえからな。事実俺はおめえが女のことで困っていたのを助けたぜ。その後の平和な家庭というのも、わざわざ見せてもらいに行ったぜ」

　そう言って遠藤は低い声を響かせてせせら笑った。

　元一郎は、思っていた以上に遠藤が本気であることを感じた。単なる脅しではない真剣さがあった。それだけ確かに、この男は追い詰められているのだと思った。

「キミ子を助けたいと言うんだな？」

念を押すように元一郎が言った。遠藤は答えずに彼を見つめている。

「いったい、いくら回せと言うんだ？」

場合によってはこちらにも覚悟がある、そういう含みを持たせて元一郎は言った。

遠藤は彼を見つめ、やがて低い声で言った。

「おめえが決めろ」

額によっては承知しない、遠藤はそう言うつもりに違いない。五十万ぐらい出さなければ駄目だろう、と元一郎は想像した。そのぐらい出してもよいが、それではきっと、あとでまた追加を要求してきそうだという気もした。それだけは防がなければならなかった。

彼は何としても、今の彼の家族を混乱や錯乱の渦に陥れたくなかった。そこには息子夫婦がいて孫がいて、頼りになりそうな嫁がいて、彼が一代で築き上げたものを、たとえ形は変わろうとも、後々まで引き継いでくれる命の繋がりがある。それは戦後の荒廃の中を生き抜くことによって彼が手に入れた最大の価値であった。

「よし、遠藤さんのためだ。百万出してやろう」

苦渋の末に元一郎は思い切って言った。瞬間、遠藤の目の中に驚きの表情が走るのを彼は見た。

「その代わり、遠藤さん、あんたと会うのはもうこれっきりにしてもらう。俺たちも歳を取るばかりだ。昔のことを根に持って、いつまでも関わり合うのはよそう」

「別に、根に持つつもりはねえさ」

遠藤は投げ捨てるように言って下を向き、黙った。

元一郎が帰るきっかけを考えだしたとき、遠藤の手がゆっくりと徳利に伸びた。

「済まねえな……」

遠藤は元一郎に猪口を持つように促した。徳利の酒は最初の一本がまだ残っていた。

「キミ子だけは、大事にしてやりてえと思ってな」

遠藤が低い声でつぶやくように言った。

元一郎はうなずいた。ふと、病院のベッドの脇に座ってキミ子を見つめている遠藤の姿が浮かんだ。そんな遠藤を想像したことがなかった。

遠藤は押し黙り、神妙な顔をして酒を口に入れていた。

おまえはなんでそんなに金を無くしたんだ、元一郎は遠藤にそう言ってみたくなった。しかし彼はそれを止めた。遠藤の過去の行状を思い出せば容易に想像のつくことでもあったが、遠藤の過去を洗い出すようなことをすれば、自分の過去も俎上に載ってきそうだ。

そうなれば話はまた込み入ったことになるかもしれぬ。それより、この場はとにかく余計な刺激をせずに無事に済ませて、遠藤とは今後縁を切るようにすることが肝心だという思いがあった。

「まあ、俺たちにもいろいろあったことは確かだが……」

それなりにおもしろい人生だったじゃないか、そういうありきたりの思い出話にして終わらせようとして元一郎が言った。しかし何となく自分のずるさを感じるような気がして、元一郎は思わず口をつぐんだ。

すると遠藤が、

「とにかく稼いで、生き抜いた。今思えば……」

元一郎に構わず言葉を継いで、猪口の酒を音を立てて飲み干した。

「今思えば、山を必死に駆け上がって、大して頂上の眺めも見ねえうちに、また駆け下ってきたようなもんだぜ」

遠藤はようやくくだけた笑い顔を見せた。

「無事に下りきったのかどうか、と思わなくもねえが……」

元一郎も調子を合わせ、冗談めかして言った。

「まあ、そんなことはどうでもいいさ。とにかくこの歳になって、こうやっておめえと酒を飲めたんだ。これでいいことにしようぜ」

遠藤が言い、二人は顔を見合わせ「へっ、へっ、へっ」と笑った。

元一郎はホッと息を吐いた。

辺りがすっかり夕闇に包まれても元一郎は帰って来ず、何の連絡もなかった。米子は気を揉んで、

「お父さんは帰りが遅くなるので夕飯はいらないから、あと、よろしくね」

と台所に出ていって亜佐美に言った。

「はい、わかりました」

台所で夕飯の支度にかかっていた亜佐美は、米子の立っている方に顔だけ向けて返事をした。

わけも聞かないそのあっさりした亜佐美の態度が、米子には、食事の都合さえわかればあとは関知しないというふうに見えて、以前は気に入らなかったものだが、最近はあまり気にしなくなった。亜佐美が米子と元一郎に対して一線を画するような態度を取るのも、

何となく理解できるような気がするからだ。

やがて玄関の辺りで政紀の帰宅した物音がした。米子の体がびくっとしかけたが、亜佐美の迎えに出る音がすると、彼女は自分の部屋に座ったまま身動きもしなかった。

夕食になって米子も茶の間へ出ていったが、元一郎が遠藤と会いに出かけたことを政紀に話したものの、政紀がちょっと顔を曇らせてうなずくのを見ただけだった。

夜遅く帰宅した元一郎はさほど酔ってはいなかったが、離れの部屋に入るとひどく疲れた様子で、不機嫌というより何か思い詰めた表情のように、米子には見えた。

「どこで会ってきたの？」

服を着替えようとする元一郎に、米子が心配そうに聞いてもなかなか答えない。

「遠藤さんたちと何の話をしてきたの？」

やや気色ばんだ顔でさらに米子が問うと、

「いや、会ったのは遠藤だけだ。遠藤も年を取ったな。もう会うこともないだろうがよ」

元一郎はそう言って、米子の視線を避けるように、脱いだワイシャツを押しつけてきた。

それから三日後、離れの部屋で、亜佐美の用意した昼の食事を済ませたところで、湯飲みのお茶を飲み終えた元一郎が米子に言った。

「おい、銀行の通帳を出してくれ。ちょっと出かけてくる」

すぐに立ち上がったところを見ると、理由を言う気はないらしい。だが米子にはある程度の察しはついた。昼前に遠藤庄吉から元一郎宛の封書が届いていたからだ。

夫の顔を見上げていた米子は、何も言わずに茶簞笥の引き出しから預金通帳を出して、座卓の上に置いた。元一郎はそれを手に取ると浴衣のままで玄関から出ていった。

銀行で時間がかかったのか、一時間ほどして元一郎は戻ってきた。返された通帳を米子が見ると、遠藤宛に百万円が振り込まれたらしいことがわかった。元一郎は自分の部屋に入ったまま出てこない。

夕食時には茶の間で、米子が政紀や亜佐美を相手に、近所で聞いた噂話をし続けた。その間も元一郎は不機嫌を抑えたような顔つきで、ほとんど無口だった。政紀には米子の態度がわざとらしく見え、元一郎の様子が気になった。

食事が済んで部屋へ戻った元一郎が風呂へ入ったのを察知すると、政紀は米子のところへ行ってみた。米子は元一郎の部屋で寝床の用意をしていた。二人は何年も前から別々の部屋で寝ている。それは机のある部屋に寝床を置きたいという、元一郎の都合によるらしい。

「お父さんはひどく不機嫌そうだったが、どうかしたの？　遠藤さんと何かあったのかな……」

障子を開けて政紀が言うと、米子は手を止めて政紀を見上げた。

「やっぱり、政紀にはわかったかねえ、お父さんはちょっと変な様子だったねえ……」

米子はそう言って障子の外を窺ってから、声を潜めて息子に語った。

「お父さんはわたしに口止めしたつもりなんだろうけど……。実は、今日、銀行へ行ってお金を百万円も引き出して、遠藤さんに送ったようなんだよ。それで、もう会わないということらしいんだけど……。銀行へ行って帰ってきてから、ずっと何もしゃべらないんだよ」

米子は、もはや頼りになるのは息子しかいないという気持ちだった。

政紀は、やはりそうだったか、と子供のころに見た遠藤という男の記憶を思い起こした。

頭の鉢が妙に大きくて無精ひげを生やしていた遠藤は、幼いころの記憶の中では、目の鋭い怖い人という印象だった。よく一緒にいた本橋というのは痩せていて人の好さそうな笑い顔を見せたが、ときにずる賢そうな目をする男であった。その本橋が小型のトラックを持っていたので、それを使って遠藤とも力を合わせ、物資の横流しをやって闇市で大儲けをしたという話は、あとになって政紀も元一郎から何度か聞いたことがある。

陰で遠藤や本橋との繋がりを持ちながら独力で印刷会社を興した元一郎は、一時は順調に伸びたが、業務拡大の資金繰りに失敗するなどということもあったらしい。その陰で遠藤や本橋との腐れ縁がずっと続いていたようだ。

「お父さんも、昔は随分阿漕（あこぎ）なことをしたらしいから、今ごろ昔の仲間とこんなことになるのは、身から出た錆なんだよ、きっと……」

米子は政紀を前にして何度も溜め息をついた。

多分それだけではあるまい、と政紀は思った。米子は元一郎の行状をある程度知りながら、今さら口には出したくないこともあるのだろう。

子供のころ、政紀が家の中で目にしたのは、何かというと怒鳴りつける父とそれを堪え忍ぶ母だった。その関係はいつも一方的で、父と母との口論などはあまり見たことがない。政紀は、中学校に通うころ、金を稼ぐために仕事に奔走する父とその陰で必死に家庭を守ろうとする母のことを思い、子供心に少しでも親たちの手助けをしようとしたものだ。だが後年振り返ってみれば、父と母との間にはいくつもの激しいいさかいや衝突があったのであり、その原因は、主として元一郎の金遣いの荒さや女性問題であったことがわかるのだった。なぜそんなことになったのかと、父のなした母への裏切りについて、政紀はずっと理解に苦しんできたのである。

「そういう昔からの腐れ縁を、お父さんは今ごろになって、金で清算しなければならなくなったのか……」

政紀が思わず漏らすと、

「そうなのかしらねえ……」

米子は情けなさそうに顔をしかめた。

戦争後に続いた食糧難時代に始まる長い年月、元一郎の働きで家族が人より潤ってきたのも確かだが、反面その分だけ妻の米子の悩みも大きかったのだ。政紀は、今になっても夫の過去の罪過に責められるばかりのような母が哀れだった。

日曜日の午後に栄子がやってきた。米子が風邪を引いたと聞いたあとも電話で話しただけだったので、たまには様子を見に行ってやらなければという気になったのである。

政紀は学校に出ていて留守だった。

「お兄さんは、日曜日でも学校に行くの?」

玄関を入ったところの立ち話で、栄子が亜佐美に聞いた。

「部活動の指導だそうで、運動部だから結構大変なのよ。夏休みの間も随分出ていったわ」

「あら、頑張っているのね、見かけによらず。でも、亜佐美さんも羽が伸ばせるというわけね」

栄子は亜佐美に媚びる意識もあって、そういう言い方をした。

だが、このごろはそれがかえって亜佐美の癇に障ることもある。口先で機嫌を取るようなことを言われるのを、亜佐美は極度に嫌うことがあった。

「別に羽なんか伸ばす気はないわ」

亜佐美が言って二人は笑ったが、互いの気持ちはちぐはぐなのだ。

栄子が亜佐美と会話すると大体そんな具合で、栄子は亜佐美に取り入ろうとすればするほど、会話が続かなくなってしまう感じだった。その点裕子はあまりそういうことに頓着しないようだった。

栄子が米子の部屋の前に行って障子を開けてのぞくと、米子は部屋の真ん中で座卓に向かって座っていた。ぼんやりした顔で、何か考えごとでもしているようだったが、栄子は何となく変な気がした。

「お母さん、何をしているの？」

「えっ」

米子は声を上げて振り向き、

「あ、栄子か。いつ来たの？」

と、ようやく焦点が合ったような目で見た。

それから米子はいつもと変わらない様子で、やがて脇の茶簞笥から湯飲みを出してポットの湯でお茶を入れ、菓子器にいくつか残っていた和菓子を出して栄子の前に置いた。

栄子は何となく安心したが、このままこの母は呆けていってしまうのではないか、そんな思いがなかなか胸の中から消えなかった。

その日は元一郎も留守だった。このごろ元一郎は、ときどき何か調べものがあると言って近くの図書館に出かけることがある。その話をして米子がおかしそうに笑った。確かに今さら図書館などに出かけて行くのは元一郎に不似合いだが、米子の話では、戦争で徴兵を受けたころから闇市時代のことを中心にして自伝を書くのだ、と元一郎は張り切っているようだという。

そんな話をしながらも米子の顔は浮かぬ表情に見える。話が途切れたところで栄子はまた訊かずにいられなかった。

「どうかしたの？　お母さん……」

「どうもしないけど……」

と言ってから、米子はちょっと投げやりな表情になって、

「このごろ、お父さんが何を考えているのか、わからなくなったよ。自伝なんか書くと言いだしたり、不意にどこかへ出かけて、帰ってくるとすごく疲れた顔で、部屋に閉じ籠もったきりでいたり、そのうちに病気にでもなりそうで……」

そう言うと大きな溜め息をついた。

「何も話してくれないからね、お父さんは……。昔からそうだったけど……」

栄子はうなずいたが、皺の刻まれた老母の顔をじっと見つめたまま、何も言えなかった。

「今ごろになって昔の友達に何か言われて考え込んだりして、どういうつもりなんだか……。わたしの気持ちなんかあまり考えていないんだよ。昔からそうだったんだからしょうがないけど……」

米子はいつまでも愚痴を言い続けた。

栄子は、改めてこの母も年を取ったと思うばかりだった。

それにしても、父の元一郎は、長男夫婦に家を継がせて、自分一人が悠々たる隠居生活を実現したように見える。その一方で、母の米子はすっかり用済みの存在になったかのようだ。頭が白髪に覆われてすっかり老け込んだ米子を見ていると、栄子は、なぜか無性に腹立たしくなってくるのであった。

一時間ほどいて栄子が帰ろうとすると、亜佐美は買い物にでも出たらしく、家の中は静かだった。これでまたしばらくは、この家へ来ないことにしよう。栄子はそんなことを思いながら玄関を出ていった。

米子は、玄関で栄子を見送ってからまた部屋に戻った。栄子が来たお陰で気分転換ができたのも確かで、彼女は座卓の上を片付けると箒を出して部屋の掃除を始めた。そうして、こうやってたまに栄子と話をするのが一番気楽でよい、とつくづく思うのだった。

とはいえ、元一郎が遠藤庄吉と会ったあとに多額の現金を送ったことについて、米子はとうとう栄子に話さなかった。栄子の顔を見ているうちに、このことは政紀に話しておくだけにした方がいいような気がしたからだ。話を広げてしまえば元一郎をさらに苦悩させるだけかもしれない。米子には昔からそのように、わけがわからぬなりにその場その場での勘を働かせるところがあって、そんなふうにして元一郎を支えてきたのであった。

玄関の方で変な足音がしたような気がして、亜佐美は洗濯物を畳もうとする手を止め、耳を澄ましてみた。二階の部屋にいると、家の前の道を行き来する人の足音が時折耳に入ってくるのだ。秋の午後の柔らかな日差しの中でよく乾いた洗濯物を、今し方ベランダから取り入れたところだった。

元一郎は知り合いの家に出かけ、米子も先ほど栄子の家へ出かけていった。二人ともまだしばらくの間戻ってはこない。子供たちは小学校から帰らず、家の中は亜佐美一人なので静かだった。

確かに変な足音だった。玄関の前辺りを行きつ戻りつするようにして、靴を路面に擦りつけるような音がした。

誰か来て家の様子を窺っているのだろうか。亜佐美は少し緊張して、そっと階下に降りていった。途端にチャイムが鳴った。

玄関のドアを細めに開けて外を窺うと、登山帽のような青い帽子を被った男が扉越しにこちらを見ている。浅黒い顔に小さな丸い目だが、よく見ると皺の多い顔で相当な年寄りのようだ。外扉は子供の背丈ぐらいの高さで、男の肩から上が見えるだけなので服装はよくわからないが、さほど大きな男ではなさそうだ。

亜佐美は玄関からドアの外に出た。

「どなたでしょうか」

男は目をしばたたかせていたが、

「大野木さん、いますか。本橋という者なんだが……」

しゃがれた声で言い、扉に片手をかけた。節くれ立った大きな手である。

本橋という名に、亜佐美は覚えがあった。闇市時代からの元一郎の古い仲間だということは、政紀からも聞いていた。それを言ったときの政紀の困惑したような表情も思い出す。

「今留守をしておりますので、ご用件を伺って伝えるようにいたしましょうか？」

「いつごろ帰ってきますか、何ならちょっと待たせてもらおうか……」

男は今にも扉を押して入ってきそうな様子を見せる。亜佐美は仕方なく扉を開けた。

男は灰色のジャンパーに焦げ茶色のズボンを身に着けていた。薄汚れた感じはなく、むしろこざっぱりした姿であることに、亜佐美は意外な気がした。だがその両の目は闇の底でも見通すように抜け目なく光っている。

「父は知り合いの農家に行くということで出かけておりまして、まだしばらくは戻らないと思いますが……」

「ほう、そうかい。じゃ、少し待たせてもらうよ。せっかく来たんだから、大野木さんに会って帰るから……。大野木さんとは昔からの友達なんだが、俺も家が遠いのでね……」

そう言われると亜佐美は断り切れなかった。あまり悪い男にも見えないと思い、彼を洋間に招じ入れてお茶を一杯出した。

「あんたはここの嫁さんかね？」

本橋はようやく満足そうな笑顔を見せて言った。亜佐美は小さな盆を持って立ったまま返答をした。

「はい」

「そうか……」

と本橋は部屋を見回して、

「俺がここへ来たのはもう随分前だが、すっかり建て替えたんだね。玄関の具合も違うんで驚いたよ。大野木さんはやっぱり相当持ってたんだな。でなきゃあ、家を建てたり建て替えたり、そうそうできるもんじゃない」

ソファーにふんぞり返り、意味ありげな笑いを浮かべて亜佐美を見た。

亜佐美は嫌な予感に襲われて、何か言い返しておきたくなった。

「この家は、去年、わたしの主人が建てたんですのよ、もちろん父と相談の上ですけど……」

そう言いながら亜佐美は、手近の椅子をちょっと引き寄せて軽く腰を下ろした。

「わたしたちが越して来たのも最近のことなんです」

「えっ、すると大野木さんの息子が建てた？　どうして……」

本橋には全くわけのわからない話だった。

「といっても、わたしたちが前に住んでいた家を売った上に借金もしたんですけど。主人の父は体も弱ってきたし、あまりお金もないようなので仕方ないんです」

本橋は驚いた顔をして、

「そんなことはないだろ？　この間、遠藤さんにたいそうな金を渡したっていうんだしな……」

と言って、疑う目で亜佐美を見た。

「どこかに蓄えてるんだろうよ、大野木さんのことだから。あんたは知らんのか……」

「そんなこと、聞いてませんけど……」

「そりゃ金は持ってるさ、あの人のことだ」

本橋はいらいらした顔で言った。

この男は何かを目論んでやってきたのだ。遠藤という名も聞いた覚えがある。あれこれと疑念が渦を巻き、亜佐美は席を立ちかねて黙って相手の様子を窺っていた。

前に元一郎の傘寿の祝いをした日にこの本橋から電話があって、元一郎が出たときのことを亜佐美はよく覚えていた。あのときの電話は元一郎の金に絡む話のようで、居合わせた政紀の弟妹たちの間にも何か疑うような妙な雰囲気があった。

本橋の目が狡猾そうに落ち着きなく動きだした。

「大野木さんは頭もいいし、仕事もよくやった。俺も随分あの人には世話になったよ。でも結局、一番いい目を見たのは大野木さんなんだぜ」

「いい目を、ですか?」

思わず亜佐美が聞き返した。

「遠藤とのことは別として、それ以外の、つまり男の甲斐性というか、遊びなんかの方でも、俺は随分役に立ってやったはずだぜ。大野木さんも、家じゃ、そんなことは話さねえだろうがね」

本橋はにたにたと下卑た笑いを浮かべた。亜佐美は言うべき言葉がない。

「ところで奥さんは、大野木さんの奥さんは健在なのかね？」

「はい。今日はちょっと親戚の家へ……」

「ふーん、そうかね、二人とも留守かね」

本橋は何ごとか考え込む様子で顎に手をやった。

そのとき玄関先に物音がして、勢いよくドアが開き、子供の声がした。

「ただいまあ、ママ」

「ほら靴を揃えなくちゃ、彰……」

このごろは薫が姉らしく気を利かせて、先に放課になって校庭で遊んでいる彰を伴い、
二人一緒に小学校から帰ってくることが多い。

「ちょっと失礼、子供が帰ってきたようですので」

亜佐美が本橋に会釈して立ち、洋間のドアを開けて出ると子供たちを迎えた。

「えっ、お客さんなの？」

「おやつは？」

屈託のない子供の声が響く。本橋は思わず吐息を漏らして背もたれに寄り掛かった。

どたどたと子供の足音がしてから、亜佐美が再び部屋に入ってきた。

「お待たせするばかりで申し訳ありませんが、まだ、お待ちになりますか？」

元気を取り戻したとでもいうように、亜佐美の声はどことなく張り切っていた。

「ええ、まあ、もう少し……」

本橋は浮かぬ顔をして言った。

実際、子供たちが帰宅したことで、亜佐美はいつもの気分を取り戻していた。何となく度胸も据わってきたのが、自分でも不思議なくらいだった。

「父がいつ戻ってくるとも聞いておりませんので、やはりご用件を伺っておいた方がよいのではと思いますが……」

彼女はまた元の椅子にゆっくりとした仕草で腰を下ろした。

亜佐美に改めてそう言われると、本橋は答えようがなくなった。

「まあ、大野木さんと昔の話をしようと思ってきたんだが……」

何となく決まりの付かないような顔で彼は立ち上がった。

「大野木さんにそう言っておいてくれりゃいいんだ、本橋が来たって言って……」

「せっかく長い時間お待ちになったのに、どうもすみません」

亜佐美が挨拶するのを振り切るようにして、本橋は玄関のドアを荒々しく閉めて出ていった。

亜佐美は本橋の去ったのを確かめて外の扉を閉めると、力が抜けたように思わず扉につかまった。

それから三十分ほどして元一郎が戻ってきた。

留守中に本橋が訪ねてきたことを亜佐美から聞くと、元一郎は、

「えっ、来たって？　本橋が……」

と言って絶句した。

「お父さんが帰ってくるまで待つと言ってらっしゃったんですけど、三十分ぐらいいてお帰りになりました」

「帰ったか……。それで、何か話していったのかい？」

「この家は誰が建てたかとか、奥さんは健在かとか、いろいろお聞きになって、遠藤さんとは別で、昔は大野木さんの役にも立ったことがあるとおっしゃって、昔の話をしに来たとお父さんに伝えておいてほしい、ということでした」

「この家は政紀が建てたと言ったのか？」

「そうお返事をしてから、余計なことを言ったかしらとは思ったんですけど……」

「まあいい。それで本橋は何と言った？」

「大野木さんにはお金が、蓄えがあるはずだって、何度も言ってましたけど……」

「そうか。またそんなことを言いやがったか」

　元一郎はわざとらしく笑って、自分の部屋へ去った。

　亜佐美の報告を聞いて元一郎が何か衝撃を受けはしないか、という秘かな心配が、彼女にはあった。だが、本橋の突然の来訪には元一郎も驚きを隠さなかったものの、金の蓄え云々についてはさほどの反応もなかった。ただ亜佐美にしてみれば、本橋の言った「男の甲斐性」とか「遊び」といった言葉を元一郎に向かって口に出すことができず、胸に支えたままであったのは致し方ないことだった。

　亜佐美が台所で夕食の準備に取りかかると、間もなく米子が帰ってきた。亜佐美は米子に、元一郎の留守中に本橋の来たことを簡単に告げた。

　米子はすぐに元一郎の部屋に行ってみた。元一郎はいつもの丹前に着替えて机に向かっていた。

「本橋さんが来たそうだけど、何をしに来たの？　昔の話をしに来ただけじゃないでしょう」

つい先日も元一郎が多額の現金を遠藤に送ったことを思えば、米子はただ事ではない気がするのだ。元一郎は返答に窮したが、

「俺は会ってないからわからねえが、本橋のことだ、大したことはない。心配しなくていい」

米子の気を静めようとして不機嫌そうに言った。

「あんた、ほんとに大丈夫なの？　政紀たちに、この先もずっと迷惑が掛かったりしないようにできるのね？」

米子はそう念を押さずにはいられない。

「うむ……」

元一郎はうなずいたが、その顔は困惑を隠せないのだった。

この前会って二十年ぶりぐらいで酒を飲んだときの話では、本橋は千葉の方に家を持っていると言っていたし、今さら本橋がそうしつこくつきまとう種もないはずだ。遠藤庄吉にしても、大久保で会ったときの様子を冷静に思い出してみれば、この上さらに元一郎を

憎んでつきまとうとは考えにくい。

そう思いはしたものの元一郎は、過去の罪過を突きつけるような二人の相次ぐ出現によって、まるで古い病根が再び熱を持ち始めたような苦痛にさいなまれた。かつては彼の才覚で遠藤や本橋を抑えていたのに、今はそのころのことが逆に仇となって、守勢一方に立たされているかのようだ。老いを迎えて息子夫婦にあとを託そうとする彼の最後の夢が、過去から蘇ったあの二人の攪乱によって崩れ去ってしまうようなことは、何としても許したくなかった。

ほどなく勤め先から帰宅した政紀は、本橋が来たことの一部始終を亜佐美から聞いた。彼が二階の部屋で着替えているとき、亜佐美が入ってきて彼の耳元で内緒話でもするように話した。

「本橋さんは、お父さんが相当お金を持っているはずだとか、昔、何かの遊びのときにもいろいろお父さんの役に立ってやったんだとか言っていたけど、何だか嫌な感じだったわ」

「それで、金でも要求する様子だったのかい?」

「そんな感じもしたわ。これからも来る気かしら……」

「それは、わからないが……。しかしともかく、親父に会わずに帰ってくれたのはよかったよ。親父もあの歳だし、本橋さんも、そう何度も無理な要求をしに来るとは思えないがね」

政紀は亜佐美の心配を和らげようとして言った。

その後、一週間を過ぎても本橋からは何も言ってこなかった。

元一郎は、これで本橋専次も来なくなるのではないかと思い、むしろそれを望んだ。

本橋の訪ねてきた日、彼自身が不在で亜佐美が応対に出たのは、かえってよかったのだと彼は思った。亜佐美の落ち着いた対応に遭い、あの男は元一郎の現状を知り、諦めて帰ったのかもしれない。亜佐美には米子にない賢さがある、と元一郎は改めて感じ入るのだった。

四　元一郎倒れる

十日ほど過ぎて、前夜からの冷たい雨が降り続いていた日のことだった。

買い物に出ていた亜佐美が夕闇の中を帰ってきて台所に行くと、風呂場の方で何か音がしたようだ。見ると風呂場の電気が点いていた。このごろは元一郎が夕食前に風呂に入りたがるので、早めに風呂を沸かすようにしていた。食事が済むと元一郎は早めに床に就く

らしい。

亜佐美が戸を開けてのぞくと、脱衣の場所に下着一枚の元一郎が座り込んでいた。

「どうしたんですか、おじいちゃん」

亜佐美が問うと、元一郎は少し息を荒くして、

「今風呂へ入ろうと思ったんだが、気分が悪くなったもんだから、ちょっと休んでと思って……」

そう言って立ち上がろうとした。

その様子を見て、亜佐美は、即座に脳梗塞の症状かもしれないと思った。彼女が中学生のころ、同居していた祖父が何度か脳梗塞で倒れ、最後は脳出血のために死んだ。その祖父の看病を手伝ったときの経験を思い出した。

「無理して動かないで、そのままもう少し休んでから、橘病院に行ったらどうですか？」

そう言って亜佐美は、脱いであったシャツを元一郎に着せ、そばにあった厚地の丹前を羽織らせておいてから、離れの部屋にいた米子に知らせた。

元一郎の気分が落ち着いてきたところで、米子と一緒に橘病院まで診てもらいに行くことになった。元一郎は亜佐美に言われたように杖にすがってゆっくりと歩いていった。そのときばかりは米子もしっかりした態度を見せて、元一郎に傘をさしかけながら付き添っていった。

橘病院は内科と産婦人科を置いている小規模の病院だが、家から十分ほどのところにあり、元一郎の掛かり付けの医者であった。

結果は脳梗塞の初期症状と診断され、一週間ぐらいの間は絶対安静が必要と言われて、元一郎は橘病院に入院ということになった。処置が早くできたから重症にならずに済むだろうと、白髪で赤ら顔の橘院長が米子に話した。

その日勤め先の学校にいるときに亜佐美からの連絡を受けた政紀は、早めに帰宅するとすぐに病院に行った。元一郎は眠り込んでいて、その顔はひどく疲れているように見えた。政紀はそばに付いていた米子と言葉を交わしただけで病院を出て家に戻った。彼はその夜のうちに弟妹たちに電話で父の入院のことを伝えた。

翌日の午後、最初に姿を見せたのは栄子だった。彼女はデザイナーとして衣料品会社のアルバイトを仕事に持っていたが、割合時間が自由になるのだった。

栄子が病室に行くと、元一郎は腕から点滴注射を受けながら、うつらうつらしているようだった。むしろ、そばで看病する米子の予想以上にしっかりした様子が、栄子には意外なほどだった。

病院は一応完全看護の体制になっているが、米子は元一郎に、毎日病院に通って看病するように言いつけられたのだという。妻たる者として当然の務めだというのが元一郎の考えだった。米子は、どうせ暇だから毎日午後に元一郎の病室に来るつもりでいる、と栄子に話した。

元一郎は普段は太っ腹のようであるが、いざ自分が病気になって自由が利かなくなるとかなり気むずかしくなる。栄子は、元一郎の看病に毎日通うのでは米子も大変ではないかと思ったので、必要なら代わりに来て看病をすると米子に言って帰った。

裕子は四日後の日曜日の昼前に元一郎の見舞いに行き、帰りに政紀の家に寄った。

「お父さんたら、急に皺が増えたみたいな顔だけど、元気を取り戻したみたいで、やたらににこにこしているんだもの、何だかがっかりしちゃったわ、せっかくすごく心配して病院に行ったのに」

裕子は玄関に入ったところでそう冗談を言って、部屋には上がらずに帰っていった。

一週間が過ぎると、栄子はとうとう自分から米子に電話をして、代わりに看病に行くと言った。とにかく一度だけでも米子の代わりをしておこうと思ったのだ。亜佐美に対抗するということよりも、自分が長女であるという意識があって、そうしないと妙に不安なのであった。

米子に代わって栄子が橘病院の病室に入っていくと、元一郎は機嫌のよさそうな顔であった。栄子がベッドの脇に付くと、元一郎はうつらうつらし始めた。父が自分の病状を意識して安静を心がけているように見えたので、栄子も特別話しかけようとはしなかった。

栄子は格別やることがなく退屈するばかりであったが、とにかく今日は母のために奉仕するつもりで父の看病に来たのだから我慢する他はないと思った。午後の点滴注射のときに付き添い、あとは夕食の世話をしてくれるとありがたいと米子に言われていた。

病室で栄子は、父と二人だけになってみても何も話がないということを、妙に意識させられた。

こんなはずではなかったという気もしたが、よく考えてみれば、もともとこの父を尊敬しようという気があまりなかったのだ。今までも表だって父と衝突したことはないが、その代わりに、結婚してからは特に、心の通い合いがかなり薄くなっているのかもしれなかった。

生まれて間もないころ父は始終栄子を抱いていた、と母の米子は言ったが、男ばかり二人生まれたあとだったのでもの珍しかったのだろうとも言った。

それよりも栄子には、五つ年上の兄政紀に面倒を見てもらった思い出が記憶に残っている。政紀は長男だからと常に親から頼りにもされ、弟妹の面倒を見るようにしつけられたらしい。

そういう栄子が、証券会社に就職して数年のうちに川本礼治という相手を見いだして、恋愛し結婚にまで至ることができたのは、幸せの神に見放されてはいなかったということだろう。自分には、すでに父や母とは別に歩む人生が展開しているのだ。そう考えると栄子は気持ちが落ち着くのを覚えた。

元一郎が本当に眠り始めたので、仕方なく彼女は病院の待合室にあった週刊誌を持ってきて、夕方までの時間をつぶすことにした。こうして今日一日が過ぎれば、ともかく親への義理を一つ果たしたことになるだろう。そんな思いが彼女の頭に浮かんでいた。

珍しく米子のところへ昔の友人が訪ねてきた。亜佐美は、午後から夕食の世話をするころまでのつもりで元一郎の看病に行くことを買って出た。米子はそれを素直に喜んだ。

亜佐美が米子の代わりに来たと知ると、ベッドの元一郎は上機嫌になって、

「亜佐美、水を飲ましてくれや」

とか、

「ちょっと布団の具合を直してくれよ」

とか、しきりと亜佐美に用を言いつけた。

夕食が終わったころにドアをノックする音がして、政紀が裕子を伴って入ってきた。

「病院の前でお兄さんと一緒になったの。亜佐美さん、お母さんの代わりに来てくれたんですってね、どうもありがとうございます」

裕子は亜佐美に軽く頭を下げてから、

「亜佐美さんに見てもらって、お父さん、よかったわね」

からかうような調子で元一郎に言った。

「わたしはただ、言われたことをするだけよ。とてもおばあちゃんには及ばないわ」

亜佐美が生真面目な言い方をしたので、裕子が肩をすくめて政紀を見た。

「お母さんもさすがに、今度ばかりは一生懸命看病しているよ。そうだね、お父さん」

政紀は苦笑いして言ったが、嘘を言っている気はしなかった。

「なーに、どうだか……」

元一郎は笑って誤魔化そうとした。妻の看病に不満がなくはないのだ。

夜遅くなって英行が政紀に電話してきた。最初に受話器を取った亜佐美に英行が言った。

「亜佐美さん、いろいろ大変でしょうけど、でも、あの親父のことはお袋に任せておいた方がいいよ。あまり先に立って世話を焼くのは止めた方がいい。そんなことをすると、亜佐美さんが疲れちゃうしね。兄貴にもそう言っておいてやるよ」

亜佐美は何だか余計な指図をされたようで不愉快だったが、適当に返答して受話器を政紀に渡した。英行は政紀に元一郎の様子を聞き、仕事が忙しいという言い訳を繰り返した。

入院して二週間が経ち、元一郎の病状は目に見えてよくなった。それでも橘院長は、高齢でもあるからさらに入院を一週間延ばして十分治療してから退院するのがよいと勧めた。元一郎は仕方なくそれを受け入れた。

米子の付き添いはそれほど必要とも思われなかったが、元一郎はなおも米子に毎日病室に来るようにさせた。米子は、夫が少しは自分を頼りにする気もあるからそう言うのだろうと思った。自分たちのような者でも夫婦の絆はあるのだと思うと、それが自分の支えになるような気もするのだった。


日曜日の午後になって政紀の家には弟妹が次々とやってきた。

最初に現れたのは英行である。彼は先に橘病院に行って元一郎の見舞いを済ませてから、政紀の家にやってきた。

「親父、大分回復したね。一人で退屈そうにしていたから、俺が少し話をしてきたけど、もう誰もそばにいなくてもいいのかね？」

英行は政紀の顔を見ると、詰問でもするように言った。

「もう大丈夫だ。今日はお母さんがこれから病院に行くがね」

政紀は努めて平静に言った。

亜佐美がお茶を入れた湯飲みを二つ盆に載せて持ってきたが、それをテーブルの上に置くと、会釈してすぐに洋間を出ていった。

英行はその後ろ姿を見送ってから、

「俺も実は今、仕事では頑張らなくちゃならないんだ。今日も、ちょっと情報を得るために人と会うんで、午後はいっぱいなんだ」

「そうか。日曜日なのに大変だな」

　政紀は他人事のような言い方をした。

　英行の顔が急に気色ばんできた。

「兄貴も平教員に収まってノホホンとしてないで、教頭だか校長だか知らないが、少しは出世もするように頑張ってくれよな。お父さんも気にはしているみたいだよ」

「そんなことはおまえに言われる必要はない」

「校長というのは、管理職でいうと課長待遇なんだって？　学校のトップってのは大したことないんだな」

「教育職だから、一般の会社と同列にして比べても意味はない」

「へえ、そんなものかね」

　そこへ米子が顔を出し、「お父さんの病院へ行ってくる」と言って、そそくさと出ていった。

　しばらくすると、

「こんにちは」

玄関のドアが開いて礼治の声がした。

「今そこでお母さんに会ったから、あとからわたしたちも病院に行くって言ったの」

迎えに出た亜佐美に、礼治と連れだって来た栄子が言った。その後ろに裕子の顔もあった。

三人が洋間に入ると、間もなく亜佐美が皆のお茶の用意をして入ってきた。

「また、何だか兄弟が揃っちゃったわね」

栄子が部屋を見回して言った。

「きっと、親父が集めたんだよ」

英行が意味ありげに笑って言い、ソファーの背もたれに反り返った。

「それじゃ皆さん、どうぞゆっくりお話をしていってください」

亜佐美が言ってドアを閉めて出ていった。

「お母さんは、何だか看病が生き甲斐みたいになってきちゃって、前より生き生きしているわ」

裕子が言うと、

「お父さんが弱ったらお母さんが元気になったりしてね」

栄子もおかしそうに言った。

「相変わらず口が悪いね」

英行が苦笑して言うと、

「夫婦って、歳を取るとそういうこともあるみたいですよ」

と礼治が、田舎の親が口喧嘩をしながらも元気でいる話をした。

ひとしきりそんな話をしたところで、礼治が煙草を吸いたいからと言ってベランダから庭に出ていった。

すると英行がおもむろに言った。

「兄貴、この家のことを話してもいいだろう？」

「この家のこと？　何のことだ」

政紀が向かいのソファーで言った。英行はちょっと考えてから顔を上げた。その面に少しずつ血が上っているのがわかった。

「親父が死んだら、兄貴はお袋を養って、ちゃんとこの家を守っていくんだろうな。それを今のうちにしっかり聞いておかないことには、安心できないからな」

「英兄さん、そんなこと、今言わなくたって……」

栄子が言った。

「だって兄貴は、自分が結婚するからと言って、この家をほったらかして出ていった実績があるんだからな」

英行が言うので、政紀も、

「英行だって、親父の望んだことを蹴って、この家を出ていったんだろうが」

「なんだとっ。俺はちゃんと親父に、会社の将来について俺の考えを言ったのに、親父が受け付けなかったんだ。俺は家を出ていっても、何年かすれば戻ってくる機会はあると思っていたんだ」

食いつかんばかりに英行が言い、悔し涙でも流しそうな顔をした。

「そんなこと、蒸し返すのは止めてよ。お兄さんがこの家に戻ることは、お父さんが俺の考えだからと言って、ちゃんと皆に話したじゃないの」

栄子にそう言われて、英行は黙った。政紀も、これ以上弟と口論したくなかった。

英行は憤懣やるかたない顔をして立ち上がり、ガラス戸の前に行って薄いレースのカーテン越しに庭に目をやった。そこには、煙草をふかしながら庭石を眺めている礼治の姿があった。

政紀は、話の筋を通しておく必要があると思い、英行の後ろで言った。

「仮に親父がいなくなったら、俺がお母さんの面倒を見るから心配しなくていい。それはここに移るときに、亜佐美も納得していることだ」

栄子と裕子がうなずいた。

ややあって英行が、庭を向いたままの姿勢で言った。

「わかった。あとは財産分けの問題があるだけだ。兄貴は、親父の金を誤魔化さないようにしてくれよ」

政紀はむっとした様子で、ソファーに座ったまま英行の背をにらみつけた。

部屋に立ち込めた嫌な空気を振り払おうとするように、裕子が立っていってレースのカーテンをいっぱいに開けた。

「あら、あんなにマリーゴールドの花、きれいね……」

裕子の声に、栄子も立っていってガラス戸越しの庭を眺めた。すると礼治が庭から上がってきた。

「マリーゴールドですか、きれいに咲いてますね。肥やしがよく効いているみたいですね」

礼治が誰にともなく言った。

庭の中ほど近くに植えられたマリーゴールドの一群れが、菊状の濃い緑の葉の上に黄色の花を咲かせ、小春日和を思わせる午後の日差しをいっぱいに浴びてかすかに風に揺れている。その脇の方に一株のバラがあるが、もう何年も花を咲かせてきてさんざんに枝を切り詰められて、色褪せた幹に枯れかかったような葉が付いているだけだ。

「あそこは日当たりがいいからね」

政紀が皆の後ろに立って言った。

「庭の眺めも随分変わったね。あの花が親父の好みとは、とても思えないが……」

英行が皮肉な言い方をしたが、政紀は黙ったままだった。

「バラはもう駄目ね、すっかり年取っちゃったみたいで……」

栄子が何かを思い出すようにつぶやいた。

確か十年ぐらい前に、元一郎の知人が贈ってくれたという赤いバラではなかったか。そのころは刈り込まれたツゲやマキの間に、ところどころ大小の石を配しただけの閑静な庭だった。そんな庭を見慣れた目に、マリーゴールドの真っ黄色の花の群れはひどく異質な新鮮さを感じさせる。

「しかし、あの庭石は相当なものだなあ。よくあんなものを買い込んだな、親父は……」

今初めて気がついたように英行が言った。

「うん、そうだな……。親父もこの庭はそのまま残したいと言っていたんだけどね……」

そう言って、政紀は庭に配置された大小の石に目をやった。

この洋間の側から見ると、奥の方にあるひときわ大きな石が水源の山を意味しているそうで、要するに全体が枯山水の風情を表す日本庭園なのだということを、政紀は元一郎から聞いたことがある。三十坪ぐらいの狭い庭だが、元一郎は毎年庭師を入れて手入れをさせていた。しかし、自分で買い込んできた植木鉢の水やりのことで米子を叱ったりすることはあっても、元一郎自ら庭に出て眺めたり手入れをしたりする姿を、政紀はあまり見た記憶がないのだった。

政紀自身はもともと庭石などに大して関心を持たないが、それらの様々な形や色をした庭石は、そう簡単に手に入りそうにない品であることぐらいはわかる。玄関の前の敷石といい、この庭石といい、元一郎はこれらの石に相当金を使った時期があったのに違いない。それだけにこの庭には拘りがあるのだろうが、政紀には不可解な父の一面でもあったのだ。

「あんなものをいくら揃えたって、それっきりじゃないか。親父、何を考えていたんだか……」

英行の呆れたようにつぶやく声が聞こえた。それは元一郎に対する強い反感を示しているように、政紀は感じた。

そのときドアが開き、亜佐美が入ってきて、

「紅茶を入れましたけど、いかがですか」

晴れやかに言った。そして彼女はテーブルの上に、小さく切ったケーキの皿を添えながら紅茶のカップを並べた。

「庭に、お花がきれいに咲いてるわ」

裕子が言うと、亜佐美は皆に向かって、

「そうでしょう。まだ春のころ、ご近所の方にマリーゴールドの株をたくさんいただいて、おじいちゃんに言ったらお庭に植えていいと言うものだから、わたしが植えておいたんです。もうそろそろ花が終わりになるころでしょうけど、いつまでもよく咲いてくれるわ」

得意げな顔をして言った。

なおも皆で庭を眺めていたが、英行一人が浮かぬ顔でいるのを、亜佐美は見た。ひどく気に入らぬものを見せつけられているとでも言うような顔だ。

しかし誰も、マリーゴールドのことで文句を言うわけにはいかなかった。

ソファーに戻って亜佐美の入れた紅茶を飲み、ケーキを口に入れると、政紀の弟妹たちはあまり話もなかった。それから間もなく、彼らは思い思いに玄関から出て帰っていった。

三週間の長きにわたって橘病院のベッドに寝かされ、ようやく退院した元一郎は、さすがにしばらくの間は家の中でもっともおとなしい存在だった。

一週間に一度の通院治療が継続していたから、何かと米子にも頼らなければならなかった。ときには米子と口喧嘩をする声が茶の間の方へ聞こえたりしたが、米子が以前よりも対等にものを言っているのが、政紀にもわかる。二人の間柄が以前と逆転したかのような印象さえあった。

政紀は、親父も歳を取り病気をして、少し変わったな、という思いを禁じ得なかった。事実、昔のように頭ごなしにものを言うことはほとんどなくなった。息子の彼を見る元一郎の目が、ときどき気弱な光を帯びることもある。

亜佐美はそういう元一郎と米子の様子を見ながら、毎日付かず離れずという感じで適当に手助けもしているようで、政紀は、家の中が何かしらうまく進んでいきそうな予感がした。

元一郎は、雨さえ降らなければ散歩に出ることを欠かさないようになった。運動をする習慣を付けるようにと橘院長から忠告されていたので、元一郎は本気でそれを守ろうとしているのだった。

「今日は八幡様の向こうまで歩いたが、まことに調子がよかったぞ。汗が大分出て気持ちよかった。俺もこうしてみると、まだ大丈夫だと思ったよ」

勤めから帰った政紀は、たびたび元一郎からそんな話を聞かされた。

そのうちに元一郎は、以前にも増してしきりと近くの公立図書館へ通うようになった。

「お父さんが、本当に自伝を書くと言うのよ。そんなことができるのかしらね」

米子が、元一郎を見くびったような笑みを浮かべて政紀に言った。

政紀は、同居するようになって間もないころ、元一郎が自伝の話をしていたことを思い出した。あのときは聞き流していたのだが、図書館に通うと聞いて、これは本気で書くつもりかもしれないと思った。第二次大戦前後のことなど、自伝の社会背景となることを資料に当たって調べるために図書館に行きだしたのに違いないのだ。

以前元一郎に聞いたところによると、自伝に書こうとする内容は、軍隊帰りの若者が闇市から立ち上がり、多くの困難と闘いを乗り越え、やがて少年時代からの夢であった印刷会社を立ち上げて成功するという物語になるらしい。日本が未曾有の敗戦を経験した時代におけるその波乱に富んだ生き様は、「もし自伝として書き遺せるならすばらしい」と、政紀も父に言った記憶がある。

夕食で元一郎と顔を合わせたとき、政紀は早速自伝のことを聞いてみた。食卓には米子も亜佐美もいつもの席に座っていて、二人の会話に耳を傾けていた。

「お父さんが書く自伝ということになると、やはり戦争直後のことが中心になるんだろうね」

と政紀が水を向けると、元一郎は、思い出す場面を頭の中で確かめるような面持ちになって話した。

「戦争が終わって大陸から帰ってきたとき、俺は二十五だったよ。裸同然で何もなかった。俺の家は水呑み百姓で兄貴たちがいたし、親にも頼る気はなかった。東京の焼け跡を見て、それから闇市を歩き回っているうちに、なんでもやって生きてやるぞという気になったんだ。今でもそのときの気分をありありと思い出すよ。俺も若かったんだな……」

元一郎の頭の中では、すでに自伝の原型みたいなものができあがっているようだ。政紀は、父は自伝を書くことに最後の情熱を傾けようとしているのではないかと思った。

「お母さんのこともたくさん書かなきゃならないね」

興味深げな笑みを浮かべて政紀が言うと、元一郎は、

「まあ、そりゃそうなるだろうがな……」

と何となく曖昧な言い方をした。それで政紀がさらに言った。

「遠藤さんや本橋さんのことはどんなふうに書くのかな。重要な登場人物なんでしょう?」

「そうさ。あの二人のことは抜きにはできないよ」

そう元一郎が生真面目な顔で答えると、米子がすぐに口を挟んだ。

「それならたくさん書いてほしいわ。わたしはあの人たちのことをあまり知らないから」

すると亜佐美も、彰の食事の世話を焼く手を止めて言った。

「あら、おばあちゃん、おじいちゃんの重要人物なのに、その人たちのことをあまり知らないんですか?」

「知らなくもないけど、あんまり話してくれないから……」

と米子が口をとがらせて言うので、元一郎も思わず声を上げて、

「知る必要がないから話にも出さねえのさ。物騒な話なんか聞いたってしょうがねえだろ

うが」

「そんなに物騒な話がたくさんあったんですか？」

亜佐美が今度は元一郎に顔を向けて言った。

元一郎がすぐには答えかねて口をもごもごさせているので、米子が言った。

「何が物騒なのか知らないけど、とにかく外で何をしているのか、わたしにはわからないから、心配のしようもなくてね。あのころは家族のことなんか忘れていたんじゃないかしらね……」

思わず知らず米子の不満が止めどなく出てくるようだった。

「そんなことはねえさ」

元一郎もいくらか感情的になって言い返した。

「まあ、お父さんにも、言い残したようなことがいろいろあるんだろうし、ぜひ頑張って自伝を書いてもらいたいな。あの時代のことを知る人はだんだん少なくなるだろうから」

政紀が言った。元一郎は口を真一文字に結んで大きくうなずいてみせた。

「自伝っていうのは、今までの自分の本当のことを書くんでしょ？」

不意に、十一歳になる薫が言った。

元一郎は、思わずその無邪気な顔を見たが、黙ったままだ。

「それはそうよ……」

亜佐美が慌てて薫に向かってうなずいてみせた。


その年も冬になるころ、本橋専次から元一郎に電話がかかってきた。もう電話などこないだろうと思っていただけに元一郎は嫌な気がした。

彼が電話に出ると、本橋は、話したいことがあるから訪ねていくがいいかと言う。一度はそれとなく断ったが、翌々日にまたかけてきた。絶対に儲かる株の話があると言って引き下がろうとしない。やむなく、考えた末に元一郎は外で会うことにして、会う時間と場所を指定した。

外に出ていた米子が戻ってきたので二人で昼の食事をし、それが済むと元一郎は、これから出かけると言った。米子が行き先を問うと、

「なに、ちょっと本を探しに行くだけだ。夕方までには帰る」

元一郎はそう言って丹前を脱ぎ、シャツの上にジャンパーを引っかけて黒っぽい登山帽を頭に被った、普段の散歩に出るときの格好で何も持たずに出ていった。行き先もはっき

り言わないので、米子はちょっと変な気がしたのだが、特別不審に思わず夫を送り出した。

それから一時間あまりあと、元一郎は京成電車の駅で本橋と待ち合わせ、荒川の土手に出てきた。空はどんよりとして時折風が吹き渡り、荒川の土手は寒々としていた。人の影もほとんど見えない。

「なんでこんな場所にしたんだい？」

本橋専次は、広々とした川の風景に目をやりながら興ざめ顔で言った。

「おめえが、千葉の方から京成に乗ってくると言ったからさ。荒川の土手は、おめえだってまんざら縁がないわけじゃねえだろう」

元一郎がわざと声を大きくして威圧的に言うと、本橋は何も言わず、川に向かってゆっくりと土手を下りようとした。元一郎は本橋の後ろに回りながら、本橋はまだ足腰がしっかりしていると思った。敗戦直後、彼が二十五のときに本橋は二十そこそこだったはずだから、今は七十五か六か、いまだにトラックを運転して気まぐれな運送業をやっていると も聞いていた。

広い土手の辺り一帯がコンクリートを使ってきれいに整備され、雑草の生える斜面も整地された跡が見える。かつてこの荒川の辺りは丈の高い雑草や大小の雑木の生い茂る荒れ地で、戦災で家を失った者や浮浪者があちこちに巣を作っていた。元一郎は上野の辺りにいたころ、闇市での争いから抜けようとしてこの荒れ地へ逃げ込んできて野宿をしたことがあった。本橋も、盗んだ小型トラックを川の脇の茂みに隠していたことがあったのだ。

本橋は斜面が緩やかになったところで立ち止まり、元一郎をちらっと見た。

「専次よ、こうしてみると、俺たちの時代も、もう遠い昔だな……」

元一郎が対岸の景色に目をやりながら言うと、本橋も言った。

「結構長い付き合いだったぜ。元さんには世話になったが、俺だって随分おめえのために働いたんだ。この間遠藤さんが元さんに会って助けてもらったと言ってた。やっぱり元さんだと俺も思ったよ」

本橋の狡猾そうな目が元一郎の顔を窺っていた。

「遠藤さんには恩義があったんだ。おめえには特別なことはない。それとも、今さらこの俺に頼らなければならないわけでもあったか?」

元一郎の顔は穏やかだったが、厳然とした態度を示す口ぶりだった。

「いや、別にそんなことはねえよ。いい話があるからと思って、それで……」

本橋はいくらか怯んだように見えた。

元一郎は本橋の顔をつくづくと見て、せせら笑ってみせた。本橋はむっとして黙った。その顔に向かって浴びせかけるように、元一郎が言った。

「おめえの考えることは相変わらずそんなことか。見たところそう暮らしに困っているとも思えねえが、今ごろ俺に株の話とはどういうわけだ。考えることは相変わらず、人の金をせびるようなことばかりなのか？」

「そんなことはねえさ、何を言いやがんだ」

本橋は怒りだした。元一郎はなおさら強く出た。

「もう俺に甘えるようなことはよせ、専次。その歳で笑われるぜ、まったくよ」

「甘えるとはなんだ。俺はただ、遠藤さんの話を聞いてまた昔を思い出しただけだ。特需景気とか言って、あのころ、俺たちは儲けっ放しだったじゃねえか。それで結局、一番いい目を見たのは元さんだって、遠藤さんも言っていたぜ」

「いい目を見たって言やあ、皆同じさ。だけど、儲けっ放しでうかうか遊んでいた奴は馬鹿なのさ。大方は、何もかもアメリカさんのお陰で儲かって、旦那に頼る女のように、何も考えずに来たんだろう。そんな奴は、いまだに人のせいにすることばかり考えてやがるんだろう。どいつもこいつも、だらしねえったらよ」

元一郎は本橋に詰め寄り、その顔につばをかけんばかりにしてまくし立てた。本橋は、昔から口ではとても元一郎にかなわなかったことを思い出さなければならなかった。

「わかったよ、もういいよ……。しかし元さんも今じゃ、ばかに息子の世話になっているらしいじゃねえか。金があるなら少しはいいとこ見せた方がいいんじゃねえかい？」

「そんなことはおめえの知ったことか。おめえだって息子ぐらいいるんだろうが」

「息子なんかいねえさ。一人で十分だ」

「女と一緒じゃなかったのか……」

「女は追い出してやったんだ」

「そうか……。まあ、一人でいるのも気楽だろうが、あまり無理をしないで暮らせよ」

「そんなことはわかってらあ。おめえに言われるまでもないぜ」

本橋が強がって言った。

「そうか。それじゃあ、もういちいち会うまでもない。おまえとも、これまでだ。元気でな」

元一郎はきっぱりとそう言って本橋から離れ、軽く右手を挙げて振った。

「うん……、おめえも元気でな」

本橋が気落ちしたような顔で言った。

元一郎は構わず背を向けて歩きだし、足を緩めずにそのまま土手の向こう側へ消え去った。

本橋専次は元一郎の後ろ姿を見送ると、しばらくそこに立って呆然として川を眺めていた。

元一郎が帰宅したのはまだ西に日のあるうちだったので、米子は何も怪しまなかった。

「ああ疲れた。夕飯までちょっと一眠りだ」

彼はそう妻に告げて自分の部屋へ入った。そして米子が起こしに来るまで布団をかぶって大鼾(いびき)で寝入った。

元一郎は、本橋専次と会った一部始終をとうとう米子に語らずじまいにしてしまったが、その後数日経ってから、彼は昔を懐かしむような調子で米子にこう言ったのである。

「闇市時代なんて遠い昔になってしまったが、あのころ知り合った中では、本橋専次っていう奴は、俺の言うことをよく聞く奴だった。あいつは勝手なこともしたが本当に悪気のない奴だった」

それを聞いて米子は何となく、元一郎の昔の悪縁もようやく切れたのかもしれないと思った。

米子の落ち着いた表情を見ながら、元一郎も米子の気持ちを察することができるような気がした。この家もだんだんに自分の思いに沿った形になっていき、心おきなくあとを息子に託していけるようになればよい。嫁の亜佐美がしっかりやってくれることだろう。元一郎は、そういう夢のようなことを思い浮かべていた。

五　増築の事情

こうして元一郎は、退院後一ヶ月ほどして次第に元気を取り戻した。だが、彼が元の生活を回復すれば、それだけ米子はまた影が薄くなるようであった。

亜佐美は相変わらずてきぱきと家事をこなして、米子の付け入る隙がない。家の中のことは嫁に任せておまえは見ていればいいのだと元一郎は繰り返し言うが、米子は自分が中途半端な立場でしかないのを思わずにいられない。元一郎の外出のとき、風呂に入るとき、食事のときなど毎日元一郎と亜佐美の間を取り持って連絡に走るようなことになる。そういう面倒のいらいらが募ると、米子も素直に夫の世話をしようとはせず、亜佐美も不愉快な目に遭うことが多くなった。亜佐美が元一郎の意を汲んでやろうとすることを、米子が陰湿なやり方で邪魔をすることもあった。

亜佐美もそうそう黙ってはいず、ときには米子に文句を言うから、元一郎や政紀も巻き込んで軋（きし）みが増幅する。そうなると、さすがに政紀も、成り行き任せにばかりしているわけにいかなくなった。

正月のころは最悪な状態といってよかった。

それでも元日の朝は元一郎の考えに合わせて、六人揃って雑煮を共にした。二人の孫の手前、米子も笑顔を見せて亜佐美の隣に座った。

「あけましておめでとうございます」

政紀の合図で薫や彰も一緒に声を合わせた。すると元一郎が感動の面持ちで、

「こういう雰囲気がいいのだ。これを大事にしていけばいい」

妙に大げさな言い方に聞こえ、何となく白けた空気が流れた。元一郎一人がわざとらしく笑っている。すると八歳の彰が言った。

「おじいちゃんが笑っているよ。喜んでいるの？」

訊かれた亜佐美は答えに詰まって顔を赤らめたが、すぐにうなずいてみせた。

それで大人たちは皆声を合わせるようにして笑い、ともかく家族六人で最初の正月を祝った。

続いて正月二日、三日と、ぎくしゃくとした雰囲気で過ごした。弟妹たちも次々とやってきたので、政紀は、彼らが何とはなしに家の中の様子に目を光らせているのを意識しないわけにいかなかった。

だがさほどボロを出さずに何とか正月を切り抜けた。政紀も亜佐美も、老父母さえも、それぞれに自分の立場を考えて、みっともない事態にならないように表面を取り繕ったからである。それほどに、家内の分裂状態が自覚されていたとも言えるのだ。

そうなってくると、もっとも弱い立場にいるのは米子だった。どっちを向いても太刀打ちできない米子は、次第に半ば投げ出すような気分になって諦めと忍従を装い、傍目（はため）には物静かな風情を身に着けつつあるようにも見えた。

政紀はそういう母の姿を見るに堪えず、亜佐美のためというより米子のために、この家の中の仕組みを変える必要に迫られているのを感じた。そして結局、まだしばらくの間は普段の生活を、老若別々の形にするより仕方がないと思った。彼は亜佐美にこう話した。

「お袋はまだ元気だし、病後の親父の世話を一切任せるようにするのがいいように思う。

その方が親父も落ち着くはずだ。そのためには、お袋が自分の台所を持つようにして、普段の生活は別にするのがいいんじゃないか。その方が亜佐美も楽になるだろう」

　彼としては相当思い切ったことを言ったつもりだった。

　亜佐美はしかし、ちょっと考えてからこう言った。

「どうせそうするなら、この際お父さんとお母さんには、お風呂もトイレも、できたら玄関も、別にしてもらうようにするのがいいと思うんだけど、どうかしら？」

　政紀は驚いて亜佐美の顔を見た。彼女は続けて言った。

「そういうふうにすれば、お父さんが何時に出かけようと、いつ帰ってこようと、わたしたちもあまり気にしなくていいし、ご飯の用意も一度で済むし、お風呂もお母さんの方で用意すればいいんだから、わたしも大分楽だわ」

　亜佐美はここぞとばかりに言い募った。彼女としてはすでに何度も考えてきたことなのだった。

「第一、別々にした方がお母さんだって気楽なはずよ。お母さんが元気なうちは、絶対それがいいわよ。お母さんも、お父さんのことだけ考えていればいいんだから、絶対やりやすいはずよ」

言いだしたら引っ込めるわけにいかないとでもいうように、亜佐美の顔は熱を帯びてきた。

「それがいいわよ。家のことはあなたが一生懸命に考えていることだと思ったから、わたしも頑張ったけど、今のままではなかなか大変よ……」

亜佐美の彼を見つめた目が潤んでいた。

しかし、今になって老いた両親の生活を切り離すことは難問だった。政紀は元一郎のいないところで、まず米子に話をした。

「お父さんは大分元気になったけど、このごろはどう？　お母さんの言うことを聞くのかね」

「お父さんはもともと、わたしの言うことなんか聞かないよ」

米子は諦めきったような表情で言ったが、急に顔を上げて、

「でもこのごろはわたしが文句を言ったり怒ったりすると、随分困ったような顔をするよ。前と違って弱気になってきたんだね」

「お父さんも自分の高血圧を気にしているらしいし、無理はできないと思うんだろう。やはり、お母さんに面倒見てもらいたいと思っているんじゃないかな」

「そうかもしれないけどね……」

　そう言った米子の顔は、むしろいい気味だとでも言うように薄笑いを浮かべていた。その顔に気付かぬ振りをして政紀が言った。

「このごろ思うんだが、お母さんとお父さんは、こっちの四人とは別に生活できるようにする方がいいと思うんだ。お父さんの病気のこともあるし、普段のことでも食事の時間とか好みとか……」

「別にするって？」

「例えば、台所や風呂場をもう一つ作って、それぞれの専用にするのさ」

「そんなこと、できるの？」

　米子は目を丸くしたが、その顔が急に輝いたようにも見えた。

「やろうと思えばそのぐらいはできる。お母さんとお父さんが、それがいいと言えば……」

　政紀は、米子が昔の元気を取り戻しそうな表情を見せたことに、驚いていた。米子がそれほどはっきりした反応を見せるとは、彼も予想していなかったのだ。彼は今まで自分たちが、米子の気持ちを本当に理解してはいなかったような気がした。

米子が賛成したということを亜佐美に話すと、彼女も一瞬意外そうな顔をした。お母さんはずる賢くてわたしに面倒な仕事をやらせ、自分は楽をしようとしているだけではないか、と政紀に文句を言ったこともあっただけに、この家を二世帯住宅にしようとしてもしばらく揉めるだろう、と亜佐美は話の成り行きを心配していたのだ。

「でも、お父さんはどう言うかしら」

亜佐美が不安そうな顔をして彼を見た。

確かに一番の難物は元一郎だ、と政紀も思ったが、彼はむしろ、あれこれ気を回さずストレートに言える分だけ、元一郎に話す方が気楽なように思っていた。

その日夕飯が済んでしばらくしてから政紀が離れの部屋に入っていくと、元一郎と米子は炬燵(こたつ)を挟んで彼を待っていた。元一郎は、前もって米子から政紀が家のことで話をしに来ると聞いていたので、普段と違う、いくらか困惑気味の顔で政紀を見た。

元一郎も、自分の思い通りにはいかない家中の状態を思い、この日ごろ苦り切っていたのだ。しかしもはや、自分が先に立って導いていける状況ではないことを知らねばならなかった。息子がどう考えるか、彼はそれを待つ他はなかったのである。

政紀が腰を下ろして炬燵に足を入れると、米子が、茶簞笥から出してあった湯飲みにお茶を注いで彼の前に置いた。

政紀は、くどくどとした話にならないように心がけて話をした。

「お父さんたちと一緒になってもう一年以上になるけれども、やはり二つの生活を一つにするのはなかなか難しいと思う。ここは思い切ってしばらくの間、例えば台所を別々にした方が、何かと都合がいいような気がする。お母さんが元気なうちは、その方がお父さんも気楽でいいだろうと思うんだが、どうかねえ」

政紀の話すのを聞いてからも、元一郎はしばらくの間何も言わなかった。面子をつぶされたような不愉快な感情に耐えようとしているのは、政紀にもよくわかった。

「しかし、金もかかるだろう。何もそう無理はしなくても、とも思うが……」

ようやく元一郎はそう言った。

「こちらから言いだしたことだし、金のことは何とかする算段もしてある。どうしても足りなくなったら、そのときはお父さんにも資金援助を頼むかもしれないが……」

政紀が言ったのを了解したのかどうか、はっきり返答をしないまま少しの間をおいてから、元一郎は政紀に向かって言った。

「この家を、政紀が自分の資金で建てたことは俺が認めている。ありがたいとも思っている。前の家が古くなったんだから仕方がない。だがこの土地は、俺が一代で身を立てて、苦労して手に入れた土地だ。よその者には渡したくないということも思っている」

元一郎はそこで言葉を切り、改めて言い方を考えるように唇を何度も動かしてから、

「だから政紀が長男として、俺の跡を継いでくれるなら、それで俺は満足だ。そのことについては、それでいいんだな？」

「つまり大野木家の跡取りということを、お父さんは第一に考えているということか……」

今さら大げさな跡目相続の話になるのは困る、いや滑稽でさえあると政紀は今日も勤めの行き帰りの電車の中で考えてきた。元一郎の考えは昔風な「家」のあり方を前提としているに違いないからだ。それは古い観念に囚われていると言う他はなく、今やほとんど役に立たないどころか、人に足枷(あしかせ)を付け自由を奪うだけだ。英行だって元一郎のそういう考え方に反発して家を出ていったのではないか——。

ところが元一郎は、口の端に皮肉な笑いを浮かべてこう言った。

「大野木家か。うん……、もちろん、それが代々受け継がれていくならそれに越したこと

はない。しかし、俺もいろいろ考えたが、もうそんなことを考えてもしょうがねえだろうと思うんだ」

　これは政紀には意外な答えだった。

「それは上辺だけのことだから、どっちでもいい。とにかく俺が戦後の焼け跡に立って、一代で苦労して築いたものを、息子のおまえがしっかり受け継いでくれればいい。それが俺の望みなのだ。あとはおまえが、亜佐美と二人で子供を育ててやっていくんだから、孫子の代までと言ったって、俺はその先まで見ていることはできない。あとは政紀に任せる他はない。これが基本になることなんだ」

「そうか。それなら、よくわかったよ」

　政紀はほとんど感動しかけていた。戦後の混乱の中を裸一貫で生き抜いてきた父にはやはりそれなりの考え方があったのだと、初めて元一郎の面目を見たような気がしたのだ。

「それなら敢えて訊くけど、お父さんの話では、どうもお母さんのことが忘れられているような気がするんだけど、そんなことはないかね……」

「もちろんお母さんはずっと俺に付いてきたんだし、これからもそうさ。それで俺がいなくなれば、おまえたちがお母さんの面倒を見るんだ」

元一郎が言うと、米子はちょっと不服そうな顔をして、

「だけど、本当はわたしよりも、亜佐美さんの世話になる方がいいんでしょ」

不満の種はやはりそこにあるのだった。

元一郎は不機嫌そうな顔をして、

「そういうことはない。俺は、嫁として亜佐美を立てようとしているんだ。いや、嫁としての亜佐美の立場を教えようとしているというか……」

と言いかけて言葉を濁し、元一郎は思わず政紀を見た。

「やっぱり嫁の問題か……」

と、政紀は父への反発が表に出た。

だが、それでは話が元に戻ってしまうと言いかけて、彼はやめた。

この老いた父を今さら責めても仕方がないのだ。むしろ、今まで現実の問題を明確に見据えることができなかったのは、政紀自身の責任でもある。三世代家族の家庭などといっても、その考えは表面的で、夢のようなものでしかなかったのではないか。

この父を説得することよりも、現実に起こった困難を先に解決することの方がより有効に違いない。政紀はようやくそう気がついた。

「お父さん、そんなふうに問題を持っていくとこじれてしまいそうだから、嫁云々の話はちょっと脇へ置いてもらいたい。それより、これからまだしばらくは、どうかお母さんと二人の生活を大事にしてほしい。そこへ気がつくのが遅かった点は謝るよ。亜佐美ともそう話した。二人してお父さんたちの様子を見守りながらやっていく。そういうふうに別々の生活に分けた方が、お互いのためによいと思う。それがちゃんと実現するようにしたいと思うんだけど、どうだろう」

元一郎はやむなくうなずいたが、そのまま黙ってしまった。どう反論するか考えているようでもあった。

政紀は、話を具体的に進める必要を感じた。

「お母さんには少し話したんだけれども、俺の考えを言えば、離れの方にお母さんの使う台所を造って、普段はある程度、別々の暮らし方ができるようにしてはどうかと思う。その方がお互いに気が楽になるから、いいんじゃないかな?」

政紀が言うと、元一郎は忌々しげな表情であったが、言い返す言葉が見つからないようだった。彼は何度も米子に目をやったりしていたが、口ごもるようにしてこう言った。

「おめえは、どう思うんだよ」

それは明らかに以前の元一郎とは違う態度だった。何に行き詰まっても妻の意見を気にしたりするような元一郎ではなかった。政紀は病後の父親の変わりようを如実に見る思いがした。

夫が何を言いだすかと緊張していた米子は、元一郎に話を向けられて、ようやく口を開いた。

「二世帯住宅というのは、最近よく聞くわよ。もう別に珍しくもないんでしょう。台所を別にすれば毎日のことも別々になるし、気にするようなこともなくなるから、わたしはいいと思うけど……。それに、あんたの病気のことだってあるじゃないの。これから先、病院に通ったり、食べるもののことでいろいろ橘先生から言われたりしても、その世話を全部亜佐美さんにやらせるのは酷ですよ。そのぐらいはあんたもわかるでしょう」

米子は、頭にあることを一気に吐き出すようにして言った。

元一郎は、気落ちしたような顔をして煙草をくわえた。その顔を見守りながら政紀が、

「家はこれからも同じ一軒のままだし、ときには一緒にご飯を食べたりもできるから、そういう点は今まで通りにできるから……」

慰めにそう言うと、元一郎は口元に苦笑を浮かべていたが、そのうちにこう言った。

「まあ、政紀たちがそばにいてくれると思えば安心だから、それでいいのかもしれねえな……」

元一郎の声はいつになく弱々しげだったが、政紀は、どうやらこれで話がまとまりそうだと思い、一息ついた。

新築してから二年目にして、大野木家では離れに小さな台所と、ついでにトイレを増築するという事態になったわけだが、大工は同じ建築会社から来てもらったから工事はやりやすかった。

ただ、工事にかかる前に難問が二つあったのだ。

一つは老夫婦の使う玄関の新設で、それは亜佐美の希望に基づく案だった。しかし元一郎が、庭が大分つぶれることを理由に難色を示した。それはかなり強硬な反対で、今さら別の玄関口を与えられるような形は元一郎にとって屈辱に等しかったらしい。ところが亜佐美も、二世帯に分けるのだから玄関は別々にすべきだと主張して譲らなかったのだ。もう一つの問題は、老夫婦のための風呂の新設で、これも亜佐美が強く望んだのだが、元一郎の満足するようなゆったりした風呂を造るには、費用がかかることの他に、それを設ける場所の点でも難点があった。すると米子が、そのような風呂を自分が管理することに不安を感じていたらしく、とうとう風呂は今まで通り共用にしてほしいと強く望んだのだった。

結局、どちらの問題も最後は政紀が亜佐美を説得する形にせざるを得ず、亜佐美は不承不承彼に従った。彼は亜佐美に感謝し、一応の決着とはなったのである。

小規模の建築とはいえ、当然のことながら資金面の苦心もあった。政紀は職場組合の関係で安い利息の建築資金を借りることができた。一方、米子に促された形で元一郎も金を出すことになり、結局両者ほぼ半々に負担することにしたところで、元一郎がようやく笑みを浮かべた。いかにも仕方がないという顔であった。

建築工事が始まると、政紀の弟妹たちも相次いで様子を見にやってきた。一緒になったと思ったら、たちまちまた二つに分かれるというので、彼らは一様に「それ見たことか」という顔をし、政紀も亜佐美も何となく面目ない思いをさせられた。そんな中で米子一人が嬉々として彼らを迎え、進んで増築部分の説明をした。元一郎はそうした場面にほとんど顔を出さず、言い訳がましいことも一切言わなかった。

この増築について栄子と裕子は初めから何の異論もなく、むしろ米子の希望が叶えられたと言って喜んでいた。しかし英行は建築資金の出所を問題にしたがった。こうなったのは政紀の責任だと言い張り、親父の金を使って増築するのは承服できないと言って、政紀が資金借り入れの証拠を見せても納得せず、元一郎と政紀の間に資金について密約があるかのように疑った。それを否定しようとした元一郎にも文句を言ったが、その英行を抑えたのは米子であった。

米子は、元一郎と政紀がいる前で英行を見据えて言った。

「英行は、お父さんがお金をたくさん持っていると思うから、そんな文句を言うんでしょう。だけどお父さんはもう、まとまったお金なんかないよ。証拠を見たければ、貯金通帳でも何でも見せてやるよ」

母親にそう言われて英行は黙ってしまった。

「とにかくお父さんもわたしも、政紀が台所を造ってくれて、元気なうちはできるだけ二人でやっていくのがいいんじゃないかって言うから、そうしたいと思うの。英行は自分から出ていったんだから、外でしっかりやっていってもらいたいと思うけど、それでは無理なの？」

「そんなことはないけど……」

と英行は何か言おうとして止めた。そうして少しの間をおいてからこう言った。

「俺はもう、この家に戻ってくる気なんかない。それでいいんなら、いくらでもいいから、仕事の資金になるものをお父さんからもらいたい。それを言う資格ぐらいは俺にもあるだろう」

すると元一郎が、やおら重い口を開いて言った。

「それはまあ、いいさ。英行の好きなようにやればいい。ただし、金は今やるわけにはいかない。もっと先の話だ。いずれ、俺が決める」

米子が元一郎のそばで小さくうなずいた。

英行は、父親の硬い表情をじっと見つめていたが、やがて立って黙ったまま玄関に向かった。亜佐美が出てきて送ろうとしたが、英行は見向きもせずにドアを開けて外に出た。するとあとから亜佐美もドアの外に出て、敷石を踏んでいく英行の後ろから声をかけた。

「英行さん、お母さんのこともお父さんのことも、心配しなくていいですよ。お元気で……」

思いやりというよりも、押しつけるような大きな声だった。英行はむっとして振り返ったが何も言わず、鉄扉を押して道路に出ていった。

離れの増築工事が終わると、年寄り二人は改めて、台所とトイレの付いた離れの二部屋で暮らすことになった。捨て切れぬままに押し入れの奥にしまってあった米子愛用の台所用品や器具類のいくつかが、新しい台所に運ばれて再び日の目を見ることになった。元一郎は部屋に座ったまま、かいがいしく働く米子の姿をまぶしげに眺めた。

政紀は政紀で、数日経つうちに亜佐美の顔色がよくなって潑剌としてきたのに驚かされた。義理の親にさほど気を使わずに過ごせること、そして特に夕食のときに親子四人だけになれることに、彼女が喜びを見いだしているのがわかった。

米子と亜佐美のそんな様子を見るにつけ、政紀は安堵するというよりも、とんでもない回り道をしたような、愕然とした思いに囚われることもあった。

玄関と風呂が「共用」ということになったから、それらの場所を含めて毎日必ず家の中で、二つの世帯の間で何らかの接触があるのは当然だった。そうなればやはり常に亜佐美と米子が表面に出ることになったが、政紀の見たところ、二人は以前よりも意識的に、互いへの思いやりや気遣いを働かせているようであった。

米子は一日おきに近くの店まで買い物に出るのが、新たな習慣になった。その買い物に出かけるとき米子は玄関を使わず、離れの廊下から踏み石の上に置いたサンダルを履いて庭から出ていくようになった。その方が出やすいからだが、政紀は、庭を通っていそいそと行く米子を見たとき、何だか済まないような気がしてならなかった。亜佐美も同様の気持ちに襲われることがあったが、「だからもう一つ玄関を造っておけばよかったのに」と喉元まで出かかりながら、政紀にそれを言うことはしなかった。むしろ米子の自由にするのがよいと見守る気持ちになっていた。

元一郎は気の向くままの散歩以外にも割合よく外出をした。特別仕事のない元一郎が出かける先といえば、昔の仲間か旧知の家を訪ねて何か話しに行くか、さもなければ自伝を書くための下調べと称して図書館などに行くかだ。

外出しようとして玄関に向かうとき、元一郎は、

「出かけるぞー」

と、廊下で大声を上げた。だが米子に玄関まで見送りに出てこさせる意図はなく、それは亜佐美に知らせることを念頭に置いているのであった。その声に応じる者がいなくても、元一郎はそのまま黙って出ていくのであったが。

家内を圧するような、そういう元一郎の昔ながらの振る舞いを、亜佐美は心中不快に思

った。だが台所とか茶の間にいれば知らん顔でいることはできない。たまには返事とともに玄関まで走り出たりもした。

それに比して政紀は、玄関にまで出ることはないものの、以前と変わらぬ元一郎の姿を、むしろほっとしたような面持ちで見送る気分だった。親父は病気にも歳にも負けず、まだまだ元気だ、と安心する思いだったのである。先日は、父親の財産に目を付けた英行に厳しさを示した元一郎を、彼は言いすぎではないかと悔やむ思いで見たのだが、それは弟の身を心配するゆえであって、言うべきことを言った父を頼もしく思う気もなくはなかったのだ。

離れの生活が始まって以後、老夫婦の口喧嘩は、庭先に置いた鉢植えの水やりのことから始まった。米子の粗雑なやり方にいらいらした元一郎が決まり切ったように怒鳴り声を上げるのだが、それはすぐに止むのである。世帯を別にしたことを理由に亜佐美は一切手を出さないから、植木鉢の世話は老夫婦にとって十年一日のごとき口論の種とはなった。

それ以外にも、元一郎の飲み続けている薬のことや、橘病院への通院のことで口論になることがあった。そういうことになると米子も負けてはいないから強い言い方をする。政紀が不在のときには亜佐美が心配して、帰宅した彼に喧嘩の様子を報告することもあった。

それで政紀が離れに行ってそれとなく米子に様子を聞くと、大抵米子は、

「このごろ思い通りにならないと、やたらとわたしを怒るんだよ」

　と言ったり、

「お父さんは自分が忘れたことをわたしのせいにするんだから、しょうがないよ」

と言ったりした。そういうときの米子は以前のように投げやりではなく、責任を負う者としての気概さえ感じられた。

　それらのことも政紀にしてみれば、離れ増築後の好ましい変化に違いなかった。三世代家族の和やかな暮らしは、当初抱いた彼の理想像こそいったんは裏切られたにしても、また新たな形で少しずつ実現していくような気がした。誰に対しても寛容さを失わずに対処していけば、自ずとあるべき姿が見えてくることを彼は信じたかった。

　だが好ましくないこともいくつかあった。その最たるものが、彼の二人の子供と彼の両親に関することだった。つまり孫と祖父母の関係である。弟妹たちの無理解な部分も気がかりなことではあったが、彼らはすでに外に出た存在だった。

　亜佐美は薫と彰に、二つの世帯に分かれて暮らすようになってからは特に、おじいちゃんおばあちゃんの部屋へはむやみと入り浸ったりしないようにと言い含めていた。そんな

ふうに気を使わなくてもよいと政紀は言ったが、昼間勤めに出てしまう彼としては、ある程度亜佐美に任せておくより仕方のないことだった。ところが、そのせいか、二人の子はあまり祖父母に親しもうとしなくなったのである。政紀も当初は一つのけじめとして亜佐美のしつけを黙認していただけに、一つ家にいながら両親との間に何となく隔たりを感じるような不自然さに気付いて以後、それが彼の悩みともなった。

亜佐美はそれまで、姑の米子を、辣腕の夫に身も心も頼り切って生きてきた女と思い込み、息子の政紀にもことさら依頼心を示すようにしか見えなかったから、その自堕落な態度に嫌悪感さえ持っていた。だが離れの増築が完成して二世帯の生活が始まると、亜佐美は次第に米子に対する理解を変えていった。それは、元一郎の昔の仲間であったという本橋専次の不意の訪問によって、元一郎の過去について知ったことの影響が大きかった。本橋の残していった言葉は、亜佐美の中で、元一郎に対する評価と米子に対する評価とを逆転させるような意味もあったのである。

夫の身勝手な行状を知りながらも、あの長い飢餓の年月を、四人の子供を抱えて懸命に耐えて生き抜いてきた米子。亜佐美には、そのような強い女としての米子の実像が見えてきた。ときに発する米子の、元一郎に対する捻くれた反抗の言葉や強い皮肉のまなざし、それらの本当の意味が少しずつ理解できるようになった。米子には亜佐美の何倍にもなるような過去の年数があったことを、彼女は改めて思い知らされたような気がした。

亜佐美のこういう内面の変化は、この家の空気に少しずつ好ましい影響を与え、亜佐美と米子の双方に本来の落ち着きを取り戻させるようにもなっていった。こうして曲がりなりにも二世帯住宅を実現した大野木家は、ときどき小さな揉め事を含み込みながらも、しばらくは比較的に穏やかな時間が過ぎていくようになった。

さて元一郎は、そういう家の中の新たな空気に対し、決していつまでも不満を持ち続けていたわけではないし、頑固一徹の衣に隠れていただけでもない。彼は、公平で穏やかな人柄の息子に大野木家の今後を託し、聡明でしっかり者の亜佐美を嫁として家族皆が信頼すること、それが最良の姿なのだと考えていた。それが彼だけの幻想だとは思わなかったのである。

そういうことが確実に実現するように家の中を整えるのが、自分の最後に果たすべきことなのだという自信が、元一郎にはまだあったのだ。

彼の眼目は亜佐美にあった。自分の生きている間に、家のあるべき姿を亜佐美にどうやって教え込むかだ、と元一郎は考えた。一筋縄ではいかぬだろうが、あの嫁は賢いからちゃんと俺の気持ちを話せばわかるはずだ。子供二人の教育資金に足りるほどのものを渡すと言えば、きっと俺の真意を汲んでくれるに違いない。そうして政紀と二人で子供をしっかり育てて、この俺の跡を守っていってくれるのでなければならない。あれの父親も家を大事にする人だったのだから、その家に育った亜佐美を信じてよいだろう――。

元一郎の頭の中を巡るのは、おおよそそんな考えだった。

だがそのころ、次男の英行一人が、この家の家族の枠から外れていこうとしていた。元一郎は、その事実を知らぬまま、次男の身の上に思いを馳せる気も起こらなかった。

六　英行の行方

日が西に沈んで間もなく夜がやってきて会社が引けると、英行は四谷から地下鉄を使って新宿へ向かった。今夜は、大学同期の友人である松内静男と久しぶりに会うことになっていた。

松内とは大学でワンダーフォーゲルのサークル活動で知り合って以来の仲で、そのときの何人かがいまだに付き合いを持っていた。大体は気の置けぬ飲み仲間だが、時には仕事の悩みや家庭の問題を話し合う人生の同伴者のような感じもあった。

地下鉄の吊革につかまりながら、英行は日の前の窓ガラスに映し出された彼自身の暗い像を見つめた。彼は今日も会社の仕事はいつも通りにこなしたが、このところ、言葉に出せない不平不満が体内にたまっていくのをどうすることもできずにいたのだ。

英行は今の会社に三十半ばでの中途採用であったが、割合に優遇されて、去年から課長代理という役名を得て営業部門でかなりの仕事を任されるまでになった。しかし彼のＡＫ商事は同族会社のしきたりが色濃く残る会社でもあり、一年経つうちに、彼がどんなに営業マンとして腕を振るっても所詮傍流の存在でしかないという辛さに気付くようになった。

会社に対することだけでなく、父親や兄に対する不平が汚泥のようにたまっている感じで、自分はいったい何のために生きているのかと思い、何もかも振り捨ててすがすがしい生き方はないものかと考えたくもなるのだ。

これから松内に会って、何かはかばかしい話を聞くことができるのかというと、それもあまり期待できそうにないのだが――。

近い将来に損害保険会社を興すという話がある、もしそれがうまくいったら君も来ないかと言って、松内が英行を誘ったのは、英行が印刷会社を引き継ぐ話で元一郎と正面衝突していることろだった。ＡＫ商事でようやく営業成績を上げながらも給料に不満のあった英行は、松内の話に刺激を受けて将来の転職を思い描き、父元一郎が自分の印刷会社に彼を入れようとしたことを最終的に拒否したあげくに、とうとう家を出てしまったのである。

そうしたことに今さら後悔はしないが、起業の夢を英行に植え付けた当の松内が一年二年と経つうちにトーンダウンし始めたのは、英行にしてみれば残念としか言いようがなく、夢が急にしぼんできた寂しさを感じた。しかしいつまでも拘っていても仕方がない。今夜はその話に決着を付けようという気持ちもあって、松内を行きつけのスナックに呼び出したのだ。

やがて地下鉄のホームから夜の街に浮かび出た英行は、五分もすると新宿五丁目の路地にあるスナックのカウンター席に着いた。店が開いたばかりで彼の他に客はいない。

「今日はどなたかとお待ち合わせなの？　大野木さん」

ママのひで美が彼のコップにビールを注ぎながら言った。

「そう……。よくわかるね」

「何だか随分早いから、何となくそんな気がしたの」

そう言ってひで美は視線を逸らしたが、彼の待つ相手を気にしているようだ。

「前に二度ぐらい、俺とここへ来たことがある男なんだけどね、松内というんだが……」

「そう……。あ、思い出したわ、体の大きい、年の割に貫禄のある人だったわね」

ひで美が丸い目を彼に向けて言ったので、彼は苦笑いした。そのとき、当の松内静男が入り口のドアを開けて姿を現した。

英行はスツールを回転させ松内の方へ体を向けながら、

「また一段と貫禄が付いたみたいだな」

冷やかすように言った。

「いやあ、当節なかなか思うようにいかないことばかりで、困りますよ、全くね……」

松内が快活に言い、黒いコートを脱いでひで美に渡すと、英行の隣に腰を下ろした。背の高い松内は肉付きもよく、隣に来ただけで英行は威圧されるようだった。

証券会社に勤める松内はすでに中堅幹部クラスになっているはずで、こうして見るとますます働きぶりにも脂がのって、体中が自信に満ち溢れているようだ。

だが松内の言い方は、英行が持ち出す話題を予想して予防線を張っているようでもあった。

「同感だがね、勇気をふるって転身するなら今のうち、ということもあると思うがね」

英行はさりげなく言った。

ビールのコップを手に取った松内が、一瞬動きを止めて彼を見た。

「やっぱりその話か……」

溜め息混じりに言った。

「俺の考えは一年前に大体話した通りだ。今も事態は変わっていない。というか、新たな会社を興すには厳しい情勢になっている。景気も悪くなったままだしね、冒険するときではないという感じなんだな……」

苦悩をにじませ、しかし確信を持った様子で松内が言った。

英行は落胆を示して大きな溜め息をついた。今日はこの溜め息を松内に聞かせに来たようなものだ。松内はただ黙ってビールを飲んでいた。

「不景気と言うが、君の会社はどうなんだ？　うまくいってないのかね」

やがて英行は松内に皮肉な目を向けた。

「俺の会社？」

松内は心外なことを訊かれたというように目を剝いて英行を見た。

「俺の会社はしっかりしてるさ。それに俺は今、支店長候補として息が抜けない毎日なんだ」

「そうか、なるほどな……。まあ、頑張ってくれ」

英行は興ざめ顔になってビールのコップをゆっくり口に運んだ。

その顔を見ながら松内は真面目な顔になって言った。

「その代わりと言っちゃなんだが、実は一つ話があるんだ。聞くだけでも聞いてくれないか」

英行はあまり気のなさそうな様子で耳を向けた。

「俺のよく知っている先輩が、五年前にある商事会社の社長になった。会社の名は今言わないでおくが、その会社がアメリカの業者と結んで、建築資材にも手を出すようになって、その方面に知識のあるしっかりした人材を増やしたがっているんだ。そこで君のことを真っ先に思い出した。なにしろ君は大学で建築工学をやったし、ずっと営業畑にいるじゃないか。それで、こういう男がいると俺が君のことを言ったら、その先輩もかなり関心がありそうだったがね……」

そう言って松内は英行の顔色を窺った。

「アメリカへ行かされるようなことになるのかい、その話は……」

英行はあまり本気にしていないような顔をした。

「もちろん、その可能性は大だ。英会話のレッスンぐらい必要だろう。しかし君は前の家電会社で会話の方は経験があるんじゃないか？」

「多少はね。しかしまあ、少し考えさせてもらわないと……」

松内の顔を見ているうちに英行は、かなり実現性のある話であることを感じた。

「どうするか決めたら俺に知らせてくれよ。できたら早めにな」

松内はにっこりして言った。それから目の前でつまみの皿を用意しているひで美に向かい、

「この男は何か悪い虫に取り憑かれたように、いまだにくすぶっているんだよ。俺ごときが今さら何か言ったってしょうがないんだけどね」

英行を指して言った。

松内がウイスキーにすると言うので英行もそれにならった。

すっかり上機嫌になった松内は、ひで美も巻き込んでひとしきり世間話に花を咲かせた。

そうしてやがて自分の腕時計を見て、今夜は先に失礼すると言ってドアの向こうに出ていった。

英行はまたひで美と二人だけになった。この小さなスナックに今夜は他に客も来ないらしい。

「世の中は不景気風か……」

「かもね……」

ひで美は小さな溜め息をついた。

英行はウイスキーのオンザロックをお代わりした。

「今日はあまり元気ないみたいだけど、何か会社で嫌なことでもあったんですか？」

オンザロックを作りながらひで美が言った。

「そんなことないさ……」

英行は、松内に会って彼の話を聞いてから、少し気分が変わってきている自分を感じていた。

「アメリカに行くんですか？」

不意にひで美が言った。

「アメリカか。まだ決まっちゃいないが……。なぜそんなことを訊く？」

英行はひで美の目を見て言った。

「さっきの話、嘘じゃないみたいだったから、ちょっと気になったの」

「俺と一緒に、アメリカへ行ってみる気はあるかい？」

「さあね……。お仕事でしょ、ご迷惑になりそうな気もするから、やめようかしら」

ひで美が言って、にっと笑ってみせた。

英行が手に持ったグラスを見つめたまま黙っているので、ひで美が問いかけた。

「でも、なんでアメリカへ行くの？　今の会社じゃ駄目なの？」

「駄目じゃないけど……。俺自身の問題なのさ、君には関係ないよ」

英行はグラスを口に運び、ピーナッツを摘んだ。

ひで美が黙ったままなので、英行が言った。

「去年、俺の親父が倒れて、もう余命いくばくという感じになったんだ。また持ち直して元気にはなったがね。しかし人間もああなると駄目だね、何を言ってもろくな答えが返ってこない……」

「それは大変だったわね……。お父さんて、おいくつなの？」

「確か八十二になるはずだがね。そこまで生きればあの親父も本望さ」

「まあ、そんなことを言って……。お父さんに、またもしものことがあったらどうするの？」

「親父には兄貴が付いているから、余計な心配はしなくていいんだ。兄貴が責任持ってやるさ」

英行が急に怒りだしたように言うので、ひで美は何か言いかけてやめた。

「俺の兄貴は馬鹿な奴でね……」

やがて英行は酔いの回った様子で、ひで美を相手に勝手にしゃべり始めた。

「年取った親の面倒を見るために自分の家を叩き売って、親の家を建て替えて引っ越してきたんだ。あの頑固親父の言いなりになりやがって……」

「随分親孝行にも聞こえるけど、違うの？　お兄さんってどんな人なの？」

「俺に言わせれば世間知らずのぼんぼんみたいな奴だけど、案外抜け目のないところもあるんだろうよ。まあ、せいぜい親の面倒を見るのが似合いかもしれないな……」

「それじゃあ、あとはお兄さんに任せて、あなたはアメリカへ飛び立っていくこともできるわけね」

「まあ、そうとも言えるがね」

そう言ってから英行は、また、手に持ったグラスを見つめたまま何かしら考え込む様子だ。

「それだけ聞くと、あとはあなたの決心一つのようにも聞こえるけど、そういうわけにもいかないのかしら……」

ひで美は英行の顔色を窺いながら語尾を濁した。

「どうでもいいだろう、そんなことは……。あんたに関係ない話さ」

英行はいらいらした様子で言った。

「それはそうだけど……」

ひで美はそのまま黙って彼の前を離れた。

そこへ、中年のサラリーマンらしい男が三人で店に入ってきた。

「おおママさん、ご無沙汰……。どうしても今夜はここへ寄ってから帰ろうって言うんでね……」

男たちは、カウンターの中ほどに座を占めていた英行に遠慮したのか、後ろの椅子席で小さなテーブルを囲んだ。ひで美がしばらく彼らの相手をしていたので、その間英行は一人にされて、俯いてオンザロックに口をつけていた。

そのうちにひで美がまた彼の前にやってきて、

「まだもう少し飲むの？　飲むんなら作るけど……」

オンザロックのグラスを見ながら、にこりともしないで言った。

「いや、帰るよ」

そう言って英行は、グラスに残ったものを氷ごと口の中に流し込んで立ち上がった。

ひで美が戸口まで彼を送ってきて言った。

「アメリカ行きのお話のことで余計なことを言って、ごめんなさい」

「いや、いい。気にしないでくれ……」

また来るとも言わず、ひで美と別れて、英行は路地から広い通りに出た。

深夜の街はスピードを上げて走り抜ける車の騒音に溢れていた。街の光や車のライトに目を奪われ、歩道を歩く足元が定かでなかったが、すっかり酔いの回った彼は、霞んで見える夜気の中を泳ぐような気分で歩き続けた。そうして頭の中では一人の女のことを思い続けていた。

ひで美とアメリカ行きの話をしたときに、英行は不意に滝本尚子（なおこ）のことを思い出したのだ。ひで美は彼と同年だが、ひで美をアメリカへ誘うことなど無理な話だとわかっていた。

尚子とは二年以上会っていないが、彼女はその後も律儀に年賀状や暑中見舞いの葉書を寄越すのである。彼より三つ下で、家電会社にいたところに知り合って、彼が家を出て間もなく同棲同然の間柄になった時期もある。だが英行の方で結婚の踏ん切りがつかずにいて、あるとき尚子が彼に、お父さんの会社を継ぐべきよと二度も言ったので、その二度目のときにとうとう彼は怒ってしまった。しばらくして彼女は短い手紙で詫びてきたが、いつか一度はお父さんにお詫びした方がよいのではないかと書き添えてあった。それを見た彼は意地を張って彼女に会おうとしなくなった。

尚子がいまだに年賀状などを寄越すところを見ると、まだ脈はあるのかもしれない。そう思うと彼は急に尚子のことが懐かしくなってきた。

尚子の言ったように、一度は親父に謝ってもよいのだ、と今は英行も思う。元一郎に学資のすべてを出してもらって大学を出るころまでは、彼も随分わがままな生活をしてきたのだ。その上彼が元一郎と衝突して家を出ていってしまったのだから、生真面目な兄の政紀も、そういう弟を簡単に認める気にはなれなかったかもしれない。

尚子は口うるさいところのある女だったが、随分温かみもある女だった。今でもきっと一人身で、婚期を逸したまま役所の事務員をしているのだろう。もしそうなら、英行が会いたいと言えば応じてくる可能性もあるのではないか。そしてもし彼がアメリカに行くような事態になれば、尚子は付いていくと言うだろうか——。

確かに、それは可能性がありそうだった。アメリカ行きはまだどうなるかわからない話であるにしても、尚子とよりを戻し、できれば結婚することは、英行自身の立て直しのために必要なことのように思えてきた。

ひで美がそこに導いてくれたのか。ふと英行はそう思った。そう思いながら彼は、ひで美のスナックへ行くのも今晩が最後になるような気もしていた。

それにしても、父を裏切り兄を嫌い、落ち行く先はアメリカの果てか、と英行は、自分の人生の思いがけない展開を思った。そういう自棄的な思いはあるにしても、それは必ずしも悪い気分ばかりではなかった。

七　亜佐美の抵抗

雨の降り続いた真冬の寒い日に、元一郎が再び脳梗塞の発作を起こした。前回橘病院に入院してから一年以上が経っていた。

夕方帰宅した政紀が、セーターに着替えて階下の洋間で何とはなしに庭を眺めていたと

き、離れのガラス戸が開いて米子が顔を出し、庭越しに政紀を見て、

「お父さんが……、お父さんが……」

と元一郎の部屋を指差し、ただごとでない様子であった。

政紀が廊下を回って急いで行ってみると、元一郎が自分の机の脇で、敷きかけた布団の上にうつ伏せになって倒れていた。

政紀はすぐに救急車を呼んだ。そうして元一郎を再び橘病院に入院させることになった。

あとで聞いた米子の話によると、夕食の支度にかかろうとして台所に来たとき、部屋の方から「眠いからちょっと横になる」と言う元一郎の声が聞こえた。ややあって、米子が変な声を聞いたような気がして行ってみると、敷きっ放しだった布団の上で元一郎が倒れていたというのである。

一度目の入院があって以後、米子は元一郎の病状を心配して居間に二人の布団を敷いて寝るようにしていたが、元一郎の鼾がひどくて寝られないので、病状もすっかりよくなったからと、また元のように別々の部屋で寝るようにして、二ヶ月ぐらいが経っていたらしい。

病院の集中治療室に元一郎が入っている間に、米子は途切れ途切れ、政紀にその話をし

た。廊下の長椅子に腰掛けた米子の顔は、沈痛そのもののように青ざめていた。最近は昼間でも元一郎が自分で勝手に布団を敷いて寝たりしていたので、米子も気の緩みがあったと認めて悔いているのだった。

政紀も今度こそは重症かと思ったが、幸い元一郎は今回もまた奇跡的に危機を脱し、一週間後には会話も許されそうだった。

こうして元一郎にとっては二度目の、点滴注射を受けながら過ごす入院生活が続くことになった。米子は看病のために、前回同様に毎日夫の病室に通った。今度は橘院長も、できればそうするのがよいと言ったのである。

「お父さんが命がけで働いたお陰で、わたしたちもここまで生きてこられたんだからね……。お父さんがそう言っていたんだけど、それは、ほんとにそうだもの……」

橘病院の廊下で、米子は政紀にそんなふうに言うのであった。その顔には自分のやるべきことは看病しかないと悟った気持ちが表れていた。栄子や裕子も米子の体を心配したが、政紀はしばらく米子の思うように任せるのがよいと思った。

亜佐美は、必要に応じていつでも米子に代わって病院にも行く気持ちはあったが、夫や子供の食事のことなどを米子に任せるのはできるだけ避けたい、というのが本音だった。

　橘病院に入院して一週間経てば面会できるということは、政紀が弟妹に連絡したが、五日目の日の夕方に英行が政紀の家に立ち寄った。勤めから戻ったばかりで二階の部屋にいた政紀は、亜佐美から英行が来たと聞いて驚いた。英行はまだしばらくは来ないだろうと思っていたのだ。

　彼が洋間に入っていくと、ソファーにいた英行がすぐに訊いた。

「親父はどんな様子なんだい？　回復しそうなのかね」

「なにしろ二度目だから今度は俺も覚悟したが、どうやら持ち直しそうだ。きっと面会もできるようになるだろう」

　政紀は言いながらソファーに腰を下ろした。

「親父も結構頑健だから、まだしぶとく生きるつもりかな……」

　英行が言い、二人は顔を見合わせて苦笑した。

「俺としては、せっかく離れに増築をしたんだから、もう少し長生きしていてほしいよ」

　それは政紀の本心と言ってよかった。

「親父のこともそうだけど、兄貴、お袋のことも考えてやってくれよ。どうなんだい、亜佐美さんは……。その後お袋とうまくいっているのかい？」

英行の言い方はもの柔らかだったが、政紀の方が感情的になりかけた。

「亜佐美は必要に応じてちゃんとやっている。そんな心配はしなくていい」

つい弟に向かって強い口調になったが、

「そうかね、親父も少しは気にしているんじゃないかと思ってね……」

英行はそう言っただけで黙った。

政紀は最近の両親の様子を何か話すべきかどうかと迷った。英行が、一年ぐらい前に元一郎と激しく言い合って立ち去ったままなので、それを英行自身がどう思っているのかわからなかったのだ。父親を見舞うつもりがないのなら余計な話はしたくなかった。

そこへ亜佐美が、湯飲みを二つ載せた盆を持って入ってきた。英行は亜佐美から目を逸らして庭に目をやった。亜佐美は盆をテーブルの上に置いてから、

「英行さん、お夕飯はお済みなんですか?」

亜佐美はにこりともせずに言う。

「いえ、ご心配なく……。今日はこれから他に回るので、じきに帰ります」

英行が振り返ってきっぱりと言った。

「そう、では……」

亜佐美は行きかけて、ふと気付いた様子で庭の方に向き直り、

「冬の間はお庭も寂しくなってしまったけど、また春からたくさんお花が咲くようにしたいと思って、いろいろと世話もしているんですけどね……」

そう言うと、そのまま いそいそとドアの向こうへ去った。

英行は、去年の秋に元一郎が倒れたとき、兄弟が集まってこの庭に咲くマリーゴールドを見たことを思い出した。あの黄色の花々のイメージは清冽なほどであったが、今はその辺りに他の草花が寒さに萎れた姿で並んでいるだけだ。ここにまた、どんな花を咲かせようと言うのだろう、と英行は思った。庭に植える花について政紀が無関心を装っているのが、彼には少し不満だった。

そのとき、亜佐美とほぼ入れ違いに薫が入ってきて、「こんにちは」と英行に挨拶した。青い制服を着て鞄を抱えた姿である。

「おお、学校から帰ってきたのか、久しぶりだね、薫ちゃん」

英行が思わず声をかけると、薫はにっこりしてみせて、すぐに出ていった。

「中学生だろ？　これから何だかんだって、教育費もかかるんだろう」

英行が政紀に話しかけた。

「まあね。でも、まだ一年生だから……」

「中学一年生か……」

感慨深げに英行は言い、顔をほころばせた。それから急に立ち上がって、

「今日はこれで帰る。お母さんによろしく……」

そう言って英行は玄関に向かった。

政紀は、英行が以前ほど政紀に対する反感をあからさまにしなくなったような気がして、不思議に思いながら玄関まで送りに出た。


元一郎が入院して二週間目に入ってから、最初に病院に見舞いに来たのは裕子だった。その日は土曜日で、米子はいつも通り元一郎の病室に行っていたが、政紀も夕方早めに様子を見に行った。ところが、なかなか戻ってこなかったので、台所で夕飯の準備にかかっていた亜佐美は、病院で何かあったのかとそろそろ気になりだしたところだった。すると玄関の方で男女の話し声がしたので、亜佐美は耳を澄ませた。間もなく玄関を入ってくる音がして、

「こんにちは、お邪魔します」

と、政紀に続いて裕子が台所に顔を出した。

「あら、いらっしゃい……」

亜佐美が裕子を迎えると、政紀が言った。

「お袋は親父の夕ご飯の世話をして、いつも通りに帰るからと言っていたよ」

亜佐美はそれを聞くと、裕子に向かって言った。

「どうかしら、裕子さん一人なら用意できるから、夕ご飯食べていったら？」

「ほんとに？　じゃ、お言葉に甘えて……。何だか、それを狙って来たみたいだわ」

裕子は自分で言って笑った。

土曜日曜は政紀がいるから夕食は揃って早めに取ることができる。元一郎入院後は、一人になる米子もそこに誘うことにしていた。米子がわざわざ政紀に「いつも通りに帰る」と言ったのは、米子に構わず先に夕食を始めてよいと気遣ったからだ。それは裕子のことも数に入れた思いがあるのかもしれない。その米子の気持ちが自然に伝わるのを、亜佐美は感じていた。

薫と彰が二階から下りてきたので政紀も裕子も洋間に行き、急に賑やかになった。亜佐美はその様子を見て思わず微笑みながら台所の仕事に戻った。

人気のない離れの方は静かだ。ふと亜佐美は、元一郎も米子もいないことが、この家の中に気の置けぬ雰囲気をもたらしているような気がした。急に裕子を迎えても、亜佐美自身の気持ちもごく自然に動く感じがする。

食事が始まると、裕子は幼い姪や甥の相手をしながらいかにもうれしそうだった。裕子を交えた五人で食事をするのは初めてだったが、この日は亜佐美も、裕子がいつにも増して明るいのを感じた。

それというのもこの日裕子は、自分が結婚の約束をした相手のことを話すために父の見舞いに来たのだった。母の米子も病室にいると思ったからだが、しかし病室では、うつらうつらした様子の父親にいきなりそういう話を詳しくするわけにもいかなかった。彼女は一応米子に結婚相手の話をした上で、姉の栄子からの伝言を伝え、政紀と一緒に病院を出てきた。

結婚相手のことは早めに親に話しておいた方がよい、と裕子に勧めたのは栄子であった。そして栄子は、自分の仕事が忙しいのでもう少しあとで見舞いに行くと裕子に伝言を頼んだ。

食事をしながら裕子が話したところによると、相手の男は、裕子の働く製菓会社の近くにある自動車整備工場に勤める男で、武井智といい、初婚だが今年三十六歳になる。一年ぐらい前に裕子の会社の営業車の修理を依頼したときに何度か会い、その縁が元になって裕子は武井と親しくなった。以後折りがあれば会って近況などを話し合うようになったが、夏のころデートに誘われたのがきっかけで急速に接近したのだという。

裕子は、父の元一郎がすっかり頼りなくなったと言って嘆いたが、むしろそのことによって、自分の結婚の話を政紀と亜佐美に詳しく話すことができたのを喜んでいるようだった。

しかし元一郎の病状が思わしくないのも確かで、政紀はその方が心配だった。

実際、橘院長はなかなか元一郎の退院できる日を明示できないようだった。そしてとうとう米子にこう言った。

「もう少し、様子を見てからにしましょう。血圧がもうちょっと落ち着かないとね……」

その上で、家族の見舞いも、もうしばらくはできるだけ短時間にするようにと注意した。見舞いには裕子と栄子が一度ずつ来ただけで、英行は病院に来ることはなかった。

そして結局、元一郎はさらに二週間入院を続けて点滴注射を受けることになった。その

二週間が終わりに近づいても病状がはかばかしくないことを知ったとき、米子は、

「もう疲れたよ」

と、がっかりした様子で政紀に正直な気持ちを言った。

政紀は、ともかくこれをきっかけに、米子を少し休ませるようにしたいと思い、元一郎にその話をした。すると元一郎はそのときを待っていたかのように、弱々しい声ながらもはっきりと政紀に言ったのである。

「それなら亜佐美に来てもらいたい。おまえからそう言ってくれよ」

政紀はその頼みを聞き入れないわけにはいかなかった。

翌日の午後になると、亜佐美は前もって子供たちにも言い含めた上で、夕食の用意をある程度してからあとを米子に頼んで家を出た。米子は「ありがとうね」「よろしくね」と繰り返し言っていたが、いかにも疲れがたまった様子で、亜佐美の目にも急に老け込んだように見えた。

亜佐美が病室に入っていくと、元一郎はベッドに仰向いたまま、にっこりして亜佐美を迎えた。

亜佐美は点滴注射の見守りの他、水差しに飲み水の補給をしたり、トイレに立つときの

世話をしたりした。それらのことは米子に言われた通りにした。

亜佐美は元一郎と特に何か話すつもりで来たわけではないから、元一郎の機嫌を損ねないように努めて、夕食の世話が終わったらナースステーションに挨拶をして帰ればよいと思っていた。

元一郎は、しきりと亜佐美と話をしたがった。彼女の気を窺うようにして、少し間をおいては何やかやと話しかけた。

「亜佐美のお父さんは立派な人だったな」

元一郎はそう言って亜佐美の気を引こうとした。

「さあ、わたしにはそれほどとも思えませんけど……」

亜佐美は微笑んで、元一郎の皺深い顔を見つめた。

「いや、立派な人だよ。考え方がきちんとしていた」

なぜそんなに褒めるのかと亜佐美は思ったが、政紀と結婚したてのころ、亜佐美の父親が一度だけ政紀の実家に来たことを思い出した。二人は戦後の苦労話をし合って、元一郎は亜佐美の父親と話が合うと思い込んだのだろう。

「政紀と亜佐美が家へ戻ってきてくれて、本当によかったと、俺は感謝している。これで俺が今までやってきた苦労も、やっと報われたような気がするんだ……。あとは政紀と二人で仲良くやってもらいたいと心から思う。俺はそのことを亜佐美にちゃんと言いたかったんだ」

元一郎は亜佐美の顔を見つめながら、ゆっくりした口調で噛んで含めるように話し続けた。

「これで、俺はもういつ死んでも悔いはないよ。亜佐美にこういう話ができてよかった……」

そう言って元一郎は穏やかな笑顔を見せた。そんな話になると亜佐美も思わず目頭が熱くなるのを覚えた。

「そんなこと言わないで、早く元気になってください」

「どっちみち俺はもう長くはない。あのひどい時代を生きてきて、八十過ぎまで生き延びるとは思わなかったよ。このぐらい生きれば、もういいのさ」

「でも、お母さんが、一人になって可哀想じゃないですか」

亜佐美は、元一郎の話には米子に対する思いやりが感じられなかったので、そう言わずにはいられなかった。

「米子か……。米子は、あとを引き継いだおまえたちが、そばにいて面倒を見てくれればいい。あれもそれで満足だろう」

元一郎は当然のことだと言わんばかりに、素っ気なく言った。

やがて夕食の盆が看護師によって運ばれてきた。

亜佐美が元一郎の体を起こしてやろうとすると、元一郎は弱々しげに言った。

「このままでいいから、亜佐美、何でもさじで口へ入れてくれよ」

「でも……、無理でなかったら起きて食べた方がおいしいし、食べやすいですよ」

「いや、この方が楽でいいんだ」

亜佐美は起こして食べるようにさせたかったが、元一郎は聞かない。仕方なく、亜佐美は盆の上のものをさじで少しずつすくっては、元一郎の口へ持っていった。

彰が小学校に上がる前の年に高熱を発したことがあって、そのとき彰にさじでお粥を食べさせてやったことを、亜佐美は思い出した。それと比べるつもりはなかったが、元一郎の気持ちをどう受け取ったらよいのかわからなかった。

元一郎は満足そうに微笑んだが、三口か四口食べたところで、

「亜佐美、明日も来てくれねえか」

それが単にお愛想で言ったのでないことは、その表情でわかった。

「はい、帰ったらお母さんに話してみます」

亜佐美が言うと、元一郎は少しがっかりしたような顔をした。

米子の疲れが取れないようであったら何日か続けて来てもよい、と亜佐美は実際にそう思っていたのだが、今になって元一郎の方から強く望まれてみると、かえって複雑な思いに駆られた。やはり米子の考えを聞かなければと思った。

盆の上のものを半分以上残して元一郎が食事を終えると、亜佐美は元一郎に処方された薬の錠剤を飲ませた。その後しばらくして元一郎がトイレに行こうとしたとき、体がふらふらすると言うので、亜佐美は元一郎の体を支えてトイレの前まで付き添った。すると元一郎はにこにこしながら亜佐美の手を必要以上に強く握って、なかなか離そうとしなかった。骨張ったその手が震えているので、ベッドに連れ戻すのにも亜佐美は必死だった。

それらの世話を終えて一息つくと、亜佐美は帰ることにした。帰り際に声をかけると、元一郎はベッドで仰向けになったまま顔だけこちらに向けて、亜佐美にうなずいてみせた。それから目を閉じたようだった。亜佐美はドアを開けて病室の外に出た。

できたらあまり何日も元一郎の付き添いは続けたくない。家に帰る道を歩いているとき、それが亜佐美の正直な気持ちであった。だがその翌日も亜佐美は病院にやってくることになった。米子が「もう一日頼む」と言ったからである。

元一郎は前日と同じように微笑んで亜佐美を迎えた。

「今朝、お母さんは薫が起こしに行ってからやっと起きてきたんです。まだ疲れがたまっているみたいで……」

点滴の済んだあとで亜佐美がそう話しても、元一郎はうなずいただけで何も言わなかった。

だが、しばらくすると元一郎は穏やかな笑顔を見せて、

「今日は、亜佐美にぜひ、聞いてもらいたい話があってなあ……」

と言うのであった。

「何のお話ですか?」

亜佐美は何となく緊張した。

「まあ黙って聞いてくれ、亜佐美だけに話すんだ」

満足げな微笑を浮かべ、それから元一郎は天井に目を向けて、昨日と同じゆっくりした口調で話し始めた。その言葉付きが昨日よりしっかりしているように、亜佐美は感じた。

「俺の人生は、今思っても有為転変、まさに波瀾万丈だった……。貧乏暮らしの子供のころ、そして戦争だ。復員してからの飢えに苦しんだ毎日、闇市で稼ぐことを覚えてから、俺の人生が変わった。あの経験がすべてだったな……。そういうことをおまえたちにもわかるように残しておきたいと思って、一生懸命書いたんだが、とても書き切れない……」

胸中の感情を抑えようとするように言葉を切り、にっこりとして亜佐美を見た。元一郎が「自伝」のことを言いたいのだろうと亜佐美は思った。

続けて元一郎は、闇市で横流しの品を奪い合った話、会社を作るときや家を建てるときの資金繰りの話などを、時折話を切って目をつぶったりしながら、次々と語って聞かせた。それらの話の多くは一度ならず元一郎が政紀に語って聞かせたもので、亜佐美が今聞くと、元一郎が次第に勝者にのし上がっていく姿が、かなり強調されているようだった。話の中に遠藤とか本橋の名前も登場したが、亜佐美が想像していたような悪辣なやりとりがあったようにも見えない。

話しながら元一郎は弱るどころか、むしろ元気を回復しているかのようでさえあった。亜佐美はただ黙って聞いているだけだった。

「そんなふうにして俺は、稼いだ金を元手にして、夢に描いていた印刷会社を始めて懸命に仕事をし、女房を持ち家庭を作り、家も建てた……。こんなふうに話すと、すべて順調のように聞こえるだろうが、決してそうではない。その苦労や喜びがおまえたちにわかるか。どうだ、亜佐美……」

元一郎が話を切って一息ついたとき、亜佐美は思い切って言ってみた。

「大分前に、お父さんがお留守のときに、本橋さんという方が見えて昔のお話をなさったけど、あの方はお父さんに、いったい何の用があって見えたのかしらと、今思い出したんですけど……」

「さあ何のつもりで来たか、会ってないからわからないが……」

元一郎は少々興ざめ顔になって言ったが、亜佐美はもう少しはっきり聞いてみたかった。

「大野木さんには世話になったとか、俺も役には立ったはずだとか、他にも何かおっしゃって、何だか怖い感じがして、わたしは困ったんですけど……」

「本橋には本橋の思い出があるんだろう。だがあいつは、もう来ないから心配ないんだ」

元一郎は少々気色ばんだ表情を見せて言った。亜佐美はそれで遠慮してはいなかった。

「でもお母さんは、本橋さんのこととか、そういう昔のことをどう思っているのかしらと……」

「米子がどう思っているかとは、何を……」

「いえ、わたしは、お父さんと一緒に苦労してきたというお母さんの気持ちを、今お父さんがどんなふうに思っていらっしゃるのか、知りたかったものですから……」

元一郎の顔が次第に険しくなってきた。

「亜佐美、おまえは、この俺に意見でもする気なのか？」

「そんな、意見なんて……」

「それなら、余計なことは言わなくていい」

元一郎の顔は怒りを露わにしていた。

「すみません」

亜佐美はすぐに謝った。元一郎を感情的にさせるのは控えなければならなかった。

すると元一郎は亜佐美の顔を見て言った。

「いいか。わかってるだろうが、おまえは嫁なんだから、家の中を守っていくことが第一だ。俺の言い方は古いかもしれないが、こういうことはいつであろうと大事なことだ。わかるか？」

亜佐美は思わずうなずいた。

「この大野木の家の基を新しく築いたのは俺だが、それを引き継いでいくのはおまえたちだから言うのだ。子供を育ててこの家をしっかり守っていくことだ。俺はそれを何よりも望んでいる。そのために俺の遺したものが役に立つなら何も言うことはない。それが俺の、偽りのない気持ちだ」

元一郎の言葉には熱がこもっていた。

「主を中心にして家の中をしっかりまとめていくのが嫁の務めなのだから、そういうふうにして家を大事にしていけば、子供もしっかり育てることができる。ときには政紀に意見していいから、政紀を主としてちゃんと立てていくことだ。家とはそういうふうにして続いていくものだ。亜佐美なら大丈夫だ」

元一郎の視線が食い入るように亜佐美の目に注がれていた。しかし亜佐美の中では、その熱い視線を跳ね返そうとする力が湧き起こっていた。

やはりこの人は全く変わってはいない。戦争後のどん底の苦難に打ち勝ち新しい時代の波に揉まれてきた人のように見えたのは、上辺だけのことだったのだ、と亜佐美は驚きを持って元一郎を見つめていたのである。

亜佐美が黙ったままでいるのを見ると、元一郎はなおも言った。

「亜佐美のお父さんもきっとそう言うはずだぞ。あの人は立派な人だった……」

この人はどうしてこんなにわたしの父親を褒めるのだろう。一、二度会っただけでそう人柄がわかるのだろうか。と、亜佐美の頭の中に元一郎に対する新たな疑問が湧き上がってきた。

海辺の村で雑貨商を営んでいた亜佐美の父親は、頑固者ではあったが素朴でお人好しな一面もあった。そして子供を愛し、何ごとをおいても子供の望みを叶えてやろうとする人だった。亜佐美はそういう父親を尊敬というよりは、愛していたと言っていいだろう。

亜佐美はゆっくりと顔を上げ、元一郎に向かって言った。

「わたしは……、お父さんに嘘は言えないので、正直に言います。わたしは、お父さんのおっしゃる通りにやっていく自信はありません。家を大事にするというのがよくわからないんです。子供が大きくなったらどう進んでいくかわからないと思うからです。けれども、これからも政紀さんと気を合わせてしっかり子供を育てていくことだけは、約束できると思います」

元一郎は、意外なことを聞いたとでも言うように亜佐美を見つめていたが、それ以上何も言わなかった。そうしてすっかり落胆したかのように、そのまま目をつぶってしまった。

亜佐美はベッドのそばの椅子に腰掛けたまま、しばらく元一郎の血の気の失せたような顔を見つめていた。

彼女は頭の中で、今し方の元一郎とのやりとりを反芻していた。彼女はずっと以前に、元一郎とこういう会話をすることを予想していたような気がした。だから元一郎がひどく落胆しても、それほど驚かないのだった。

やがて夕方の時間になり、看護師が食事を載せた四角い盆を持って入ってきた。

「大野木さん、お食事ですが……。お願いできますか？」

年輩の看護師は、眠った様子の元一郎の顔をのぞき込んでから、亜佐美に言った。

「はい……。しばらく待ってみてから、と思いますが……」

亜佐美が言うと看護師はうなずいて、盆をサイドテーブルの上に置いて出ていった。

元一郎は薄く目を開けたが一言も発せず、亜佐美が食事を勧めても受け付けなかった。

亜佐美は仕方なく、看護師に後を頼んで帰ってきた。そして米子の部屋へ行って、元一郎の様子をかいつまんで話した。

「お父さんが家のこととか嫁のこととか、随分長くわたしに話したんです。だけどわたしはよくわからなくて、一生懸命考えて答えたんですけど、変なことを言ってしまったみたいで、お父さんも不機嫌になって黙ってしまったんです。どうしたらいいかと思って帰ってきたんですけど……」

亜佐美は最後には涙ぐんでいた。

米子は、元一郎が亜佐美に何を話したのかおおよそ見当が付いた。日ごろの米子に対する不満の裏返しが、そのまま亜佐美に対する要求になったのに違いないと思うのだ。

「それじゃ今日はいろいろ大変だったでしょう。ごめんなさいね。ありがとう、助かったわ」

米子はただ懸命に礼を言うばかりだった。

夕食後、亜佐美は政紀と二人になると、病院で元一郎に対して自分のしたことへの心の動揺を、抑えることができなかった。

「お父さんが昔からのことをいろいろ話してくれたけど、帰ってきてからお母さんには、それがあまりよくわからなかったと言ったの。でも本当は、嫁としてこの家を守っていかなければいけないと言われて、何か言わなければと思って、わたしにはそんなふうにできないとはっきり言ったの」

「そうしたら親父は何と言った？」

「お父さんは黙ってしまって、元気がなくなったみたいになって、そのままご飯も食べなくて……」

亜佐美はそう言ってひどく不安そうに政紀を見た。

「親父は亜佐美に、そういうことを話しておきたかったんだな……。そういう想像はつく」

政紀はそう言ってから、ふと、元一郎が政紀にも何度か語った「家」の話には、必ず「嫁」の話がついて回るということに気がついた。しっかりした嫁によって守られる家――それが元一郎の理想であり、元一郎はずっとその実現を思い描いてきたのかもしれない。そして米子も政紀も、弟も妹たちも、皆元一郎のそういう「家」の観念に抗ってきたのではないか。そんな気がしてきた。

元一郎は「水呑み百姓」と言われるような貧しい農家の三男坊で、母親は元一郎がまだ十代のころに病死したが、口数の少ない働き者で近所でも評判のよい嫁だったという。貧しい農家から脱出することばかり考えて成長した元一郎が、古い観念に基づいた家の理想像を求めるのも、政紀にはわかる気がするのであった。

「しかし、病院でそんな話を亜佐美にする親父も親父だが、亜佐美も、話を聞くだけにして口答えせずに済ますことはできなかったかな……」

困惑しながら政紀は、目の前の亜佐美に言った。

亜佐美は小さくうなずいたが、「口答え」という言葉には納得できない様子だった。

「やっぱり、わたしがいけなかったかしら……。でも我慢できない気がしてしまって……。だって子供の将来は子供のものだし、わたしたちの将来だってわたしたちのものだもの……」

亜佐美の目に涙がたまっていた。政紀は思わず亜佐美の手を取った。

「亜佐美が本当の気持ちを言ったんだということはよくわかる。嘘やきれいごとはよくないと俺も思う。しかし、ちょっと親父のことも気になる。明日はお袋に行ってもらって様子を見てもらうことにしよう」

政紀が言うと、亜佐美は済まなそうな顔をしてうなずいた。

翌朝、起きてきたばかりの米子に政紀が訊いた。

「疲れは取れたの？」

「もう大丈夫かなとは思うけど……」

米子は曖昧な言い方をした。孫たちと遊んだり、亜佐美の留守の間の台所を預かったりして、米子が大分いい気分でいたらしいのは政紀にも察しがついていた。

「昨日亜佐美からも聞いたと思うけど、どうもお父さんがいろいろ亜佐美に注文するようだ。亜佐美も何か言い返したらしいんだが、お父さんがどんな様子か心配でもあるので、お母さん、今日は病院に行ってくれるかな?」

「わたしも何となく、そんな気がしてね……」

と米子は何かを察知したように真剣な顔になり、それから決心した様子で言った。

「わたしはもう十分休ませてもらったから、大丈夫だよ。今日は病院に行くつもりだよ。亜佐美さんにあまり嫌な思いをさせちゃいけないから……」

そばで亜佐美が米子に、

「すいません、お母さん……」

と頭を下げた。

亜佐美が米子に対してそんな素直な言い方をしたのは初めてだった。政紀はほっとした様子で勤めに出ていった。

八　米子の決意

午後になると、米子はいつもより早めに橘病院へ行った。ちょうど看護師が病室にやってきて患者の体温を調べていて、間もなく点滴注射の用意を始める時刻であった。

元一郎は米子の顔を見ると、

「なんだ、おめえか……」

と力なく言った。

「なんだおめえか、はないでしょう。せっかく来てやったのに」

何となくいつもとは違う米子の語気に、元一郎は思わず顔を背けた。

看護師が入ってきて元一郎に体温計を渡して出ていった。ややあってまた現れ、元一郎から体温計を受け取って結果を記録すると、腕の血管に針を刺して点滴注射のチューブを繋ぐ。それらを見届けてから米子が尋ねた。

「血圧の具合はどうなんでしょうね」

「はい、少し高めのようですが、さほど変化はないようですよ。ご心配なら院長先生に伺ってみたらいかがですか？」

年輩の看護師はにこやかに答えた。

さらに二週間の入院を言い渡されてからすでに一週間が経とうとしていた。病状についての院長の話を聞いてみてもいいかもしれない。

「今日は院長先生にお会いできるかしら？」

米子が言うと、看護師は院長の都合を聞いて、あとで連絡すると言って出ていった。

「わざわざおまえが院長に会ってどうするんだ」

そんなことをするな、と言わんばかりに元一郎が言った。

「入院が延びたんだから、そろそろ院長先生に具合を聞いてみてもいいでしょうに……」

「院長の話なんか、回診に来たときに聞けばいい」

元一郎はひどく不機嫌になった。今日の米子は妙に出しゃばっていると彼は思った。

夫の剣幕を感じ取ったのか、米子は黙ってしまった。

点滴が終わって別の若い看護師が処置をして立ち去ったあと、しばらくしてインターホンが入り、五時ごろナースステーションに来ればすぐに院長に連絡する、と米子に知らせがあった。

「余計なことをしなくてもいい。必要なことがあれば院長が話に来る」

元一郎は米子に目を向けずに命令口調で言った。

米子は一瞬黙ったが、やがてベッドの端の方に立ったまま彼を見て言った。

「あんたはいつもそういう調子ね。わたしの世話じゃ気に入らないんでしょう。亜佐美さんならいいのかしらね」

元一郎は驚いた様子で米子を見た。

「別に、そんなことは言っちゃいない……」

「それなら、今になって、亜佐美さんにいろいろ言いつけたり、自分の考えを吹き込んだりするのは、止めたらどうなの」

米子はベッドの脇の椅子に座って元一郎に詰め寄った。

「あんたの手前勝手な話を聞かされるのでは、亜佐美さんが困るだけじゃないの」

「俺が亜佐美に話をして何が悪いんだ」

元一郎は思わず掛け布団から右手を出して、米子の手を払い除けようとした。その途端、米子の手が先に上がり、ぴしりと音を立てて元一郎の手を叩いた。

元一郎は怯えたような目で米子を見た。

「今日のおまえはどうかしてる……」

二人は一瞬睨み合った。先に目を逸らせたのは元一郎の方だった。

「あんたは、わたしが今までずっと長い間、どんな気持ちで一緒に生きてきたか、一度も考えたことがないんでしょう?」

米子はじっと夫を見つめた。その表情は、自身の内に湧き起こる感情を抑えて、むしろ相手を見下す色を見せていた。

「何を言うか。俺がどんな苦労をしてきたか、わかっているはずだ。命がけでおまえたちを……」

元一郎は辛うじて反撃した。

「それがわからないとは言いませんよ。でも、あんたはどうなんです? わたしのことが、どうわかっているんです?」

元一郎は答えない。思いがけない詰問にあって、一瞬表情が止まったかのようだ。

実際、米子は普段の米子でなくなっていた。考えに考えて意を決し、今の今、夫に異を唱えだした米子であった。

「わたしが毎日ここへ来ていても、何もそういう話をしないじゃないですか。ただ看病させるだけのために、わたしを来させたいんですか?」

「おまえは俺の女房じゃないか。今さらあれこれ言う必要はない……。聞きたいことがあればおまえから言えばいい」

「わたしはこれでも、随分いろいろ、あんたの気持ちも考えながら、話しかけたつもりですけどね、あんたには通じない。わたしとは話もしたくないんですね。余計なことのようにしか聞こえないんでしょう……」

諦めたとでもいうように、米子は椅子から立ち上がった。だがすぐに向き直って言った。

「それじゃ伺いますけどね、三松(みまつ)という料理屋で何をしていたんですか? 仕事のためのように言いながら、何度もそこに泊まったんじゃないですか?」

「三松だと?」

元一郎は不意を突かれて目を丸くし、慌てて過去の記憶をたぐり寄せた。確かに「三松」に覚えはあるが、まさか米子に感づかれているとは知らずにいたのだった。そう気がつくとさすがの彼もしどろもどろになりかけた。

「仕事のためと言ったら仕事なんだ。何を今さらそんな、何十年も前のことを……」

「大分あとになってから、本橋さんから聞きましたよ。仕事ばかりじゃないんだって……。

ちょうど栄子が生まれて間もないころだったわ。あんたはわたしに栄子を産ませるようなことをしながら、一方でそんなことをしていたんですね」

「本橋が何を……」

元一郎は言いかけて黙ってしまった。今さら本橋専次のことなど話したくはなかった。

「いいですよ、話したくなければ話さなくても。どうせ、疑っていながら押し隠してしまったわたしも同罪でしょうし……」

恥っさらしなことなんでしょうから、そう言いかけて、米子はその言葉を抑えた。これ以上この夫を悪し様に言ってみても、今度は自分まで傷つくことになると思った。

「こんなこと、わたしも今さら訊く気はなかったんだけど……。とにかく、あんたの考えていることはよくわかったわ。いくらわたしでも我慢の限界があります」

「ふん、どうする気だ……」

「わたしもここまで言ってしまったら、仕方ありません。離縁してくれて結構です。とっくに、そうなってもおかしくなかったんでしょうから。わたしは一人で生きていきます」

「なんだと?」

「でも、あんたのお葬式はちゃんと出してあげますから、安心してください。お葬式が終わったらそれでお別れです。あとで、わたしがお墓参りに行かなくても、恨まないでください」

とっくにそう決めていたかのように、米子はよどみなくしゃべった。

元一郎は呆れた顔になって、

「そんなこと言ったって、どうせ俺の遺した物を受け取って食っていくんだろうが。政紀の世話にだってなるんだろうが……」

「それは、今まで奉仕した見返りとして十分いただきます。わざわざ慰謝料などと言わないだけです。それに、政紀はわたしの子ですから、わたしを見捨てるようなことはしないと思いますけど……」

元一郎は急に笑いが込み上げてくるのを覚えた。

「勝手にしろ、馬鹿。今ごろになって強がりを言いやがって……」

「では、そうします」

米子は真面目な顔をしてはっきり言った。

この最後の言葉が、元一郎の体にずしんと響くような衝撃を与えた。

彼は薄目を開けて米子の様子を盗み見ようとした。米子は窓辺に寄って外を見たまま、いつまでもこちらを向こうとはしない。

やがて米子は向き直ると元一郎には目もくれず、さっさと部屋を出ていった。

元一郎はひどく不安になった。

彼は、米子が今までの恨み言を彼にぶつけて憂さ晴らしをしているのだと思っていたが、部屋を出ていったときの様子から、もしかして米子は泣いていたのではないかと思ったのだ。その涙を想像することは彼にはひどく不吉であり、恐ろしくもあった。米子が彼のもとへ来ないなどということは、いまだかつて考えたこともないのだ。

事実、十分ほどで米子は病室に戻ってきた。元一郎が息を吐いた。

「看護婦さんに、院長先生に会うのはまたの日にすると断ってきました。それでいいんでしょう」

「うん……」

元一郎は返事をしたが、それでまたかえって不安になった。本当に米子に見捨てられては困るのだ。

そのうちに米子はまた部屋を出ていった。元一郎は、待合室にでも行って雑誌を読むかテレビを見るのではないかと思ったが、今まで感じたことのない強い不安感が彼の胸からなかなか消えなかった。

間もなく、夕食を運ぶワゴンが廊下をやってくる音がした。すると米子が入ってきた。

「帰りたきゃ、帰っても俺はかまわねえぞ」

元一郎がわざと不機嫌そうに言った。

「食事の世話ぐらいしてあげます。あんたは重病人なんですから。そのためにわたしが来るんでしょうから」

その言い方は、腹立ち紛れに米子が言ういつもの言い方とそう変わりはなかった。それで彼は妙にほっとするのを覚えた。

看護師が食事を載せた盆を持って入ってきた。

「大野木さん、何か変わったことはありませんか？」

「はい、特に変わったことはございません」

米子がベッドのそばに来て答えた。

看護師は食事の載った盆を米子に渡して出ていった。

米子はいつも通りの手順で、元一郎の体を起こして彼の前に食事の盆を置き、また片付けるなどの世話をした。元一郎はいつもより素直に米子に従うように見えたが、食欲はあまり湧かないようだった。

　米子が家に帰ったのは六時にはまだかなり間のある時刻である。亜佐美が出迎えて驚き、

「あら、お母さん、今日は早いんですね」

「今日はちょっと懲らしめてやろうと思ってね、早く帰ってきちゃったのよ」

　米子はへらへらと妙な笑い方をした。いささか興奮しているようでもあった。

　勤めから戻ってきた政紀が、亜佐美に話を聞いてから階下に降りていくと、先に茶の間に来ていた米子が彼を迎えた。

「お父さんの様子はどうだったの。何かあったの？」

「何もありゃしないけどね、今日はあまり勝手なことばかり言うから、手をぴしゃんと叩いてやったのよ」

　米子が言うので政紀も驚いて、そのときの元一郎の様子を聞き出そうとしたが、米子はそれ以上のことをあまり話そうとしない。そうして、明日も病院に行くから心配しなくてよい、と二人に向かって言うのであった。

　翌日、米子は前日と同じように、午後の点滴注射が始まるころに病院に行き、夕方にな

ると六時前に帰ってきた。

しばらくして電話が鳴った。英行からである。勤めから戻ったばかりの政紀が出ると、

「今病院に行ったら、今日はお袋が早めに帰ったと言って、親父がひどくがっかりしたような顔でいたけど、どうかしたのかい？」

「いや大したことじゃない。お袋の話では、親父があまり勝手なことを言うからちょっとひと揉めあったらしい。お袋はこれから夕ご飯を食べるところだが、親父が何か言っていたかね」

「いや、親父があまり元気ないので、俺は言いたいこともあまり言わないで出てきちゃったよ」

「言いたいことがあったのか？」

「俺だって、親父が生きているうちに言っておきたいことがあると思ってね。言っちゃいけないということはないだろ？」

「まあ、相手は病人だということも考えてだな……」

「わかってるよ、そんなことは……。俺は明日があるから今日はこのまま帰る。お袋にも喧嘩なんかするなって言っておいてくれ」

英行は腹立たしげに言って電話を切った。

政紀が受話器を置いて座卓に戻ると、

「英行は何か、お父さんに文句でも言いに行ったのかね」

米子が心配そうに言う。

「そうらしいが、お父さんが元気ないので、あまり言わないできたと言っていたよ」

「そう……」

米子は溜め息をついた。その顔には苦悩の色が浮かんでいた。

政紀は、英行は大方財産の取り分のことで元一郎に話しに行ったのだろうと思ったが、平日の勤務のあとでわざわざ病院にいる父に会いに行ったのだから、よほど今のうちに元一郎の言質を、それも米子が同席しているところで得ようとしたのに違いない。それなのに米子が早めに帰ってしまったことを知って、英行は腹を立てたのではないかと思った。

いずれにしても元一郎は、亜佐美が彼の思うようにはならず、それに加えて妻の米子に思わぬ反撃を受け、さらに息子の英行にも何か不満を突きつけられたとすれば、末期の近づきつつある床でいろいろな責め苦に遭っていることになる。かなり奔放な生き方をしてきた元一郎も、自分の一生を締めくくるときになって、かえってあちこちに破綻を生じさせているかのようだ。

政紀は元一郎が哀れだった。そうして、そういう父でも最期まで見守ってやる以外に、自分にできることはないと思うのだった。

それから三日後、また英行から政紀に電話がきた。

「兄貴、この間はいらついていて変な電話になってしまって、悪かった。実は兄貴にも言いたいことがあったんだ」

先日とは打って変わって英行の声は落ち着いていた。

「何の話だい？」

英行が何を言いたいのかと身構えながらも、政紀は穏やかに言った。

「実は、俺は今度、アメリカに渡って、新しい仕事をすることになった。カリフォルニアの森林で木材の生産に関わる仕事なんだ。友達の紹介で見つけたんだが、俺は思い切って転身するつもりだよ」

「えっ。何だって？　アメリカに行くのか？」

政紀は絶句していた。

「そうだ。この間は親父にその話をしようとしたんだが、親父はわかってくれなかった。

あげくに、かっと目を見開いて俺をにらんでばかりいるんだ。親父ももう駄目だと思ったよ」

「そうだったのか……。それでアメリカにはいつごろ行くんだ?」

「それなんだが、今、成田の空港にいる。これからサンフランシスコに行って向こうで話を決めてくることになると思う。アメリカにいつ渡るかはそのあとで決める」

「アメリカに移住するのか。それで一人で行くのか?　誰かと一緒に……」

「そういうこともこれからいろいろ決めるんだが、一つだけ兄貴に言っておくと、多分、以前俺が付き合っていた滝本尚子という人と一緒に行くことになると思う」

「滝本……」

それは政紀の記憶にもある名だった。

「それから、親父が俺に、株を持っているからどうとか言っていたが、どれほどのものなのかはっきりしないんだ。兄貴も聞いてみてくれよ。それであとは兄貴に任せるから……」

「任せると言ったって、あとで文句を言っても知らんぞ」

「任せるよ、文句など言わない。俺は親父を当てにしたりするのはやめたから。じゃあ、また会ったときに、詳しく話すよ」

と電話を切りかけた英行の声が、また響いてきた。

「ああ、もう一つだけ言わせてくれ。薫と彰はいい子だな。兄貴、大事に育ててくれよな。

そして、俺のことも少しは話してやってくれよ……。兄貴、じゃあまた」

英行の声が少し震えているように聞こえた。

「うん、わかったよ……」

政紀が答えると、それで英行の電話が終わった。

「英行さんなの？　アメリカへ行くって……」

政紀の後ろで亜佐美の声がした。

「今成田にいるんだって……。アメリカで仕事に就くつもりらしい」

それが雲をつかむような話に思われてならず、政紀はしばらく受話器を持ったまま立ち尽くした。


明くる日の夕刻、勤め帰りの政紀が橘病院に入っていくと、米子がただ一人、内科の診察室の前にいた。

茫然とした様子でベンチに腰掛けているので、政紀はそばへ行って米子の肩を軽く叩き、並んで腰を下ろした。米子は、政紀が鞄を持ったままの背広姿なのでちょっと驚いたようだった。

「亜佐美が俺の学校に電話を寄越して、お母さんが夕方六時ごろ橘先生に会うことになったと言うので、こっちへ回ることにしたんだ。お父さんのことが気になってね」

政紀が言うと米子はうなずいて、

「お父さんの状態がよくないようなの。政紀が一緒に、先生のお話を聞いてくれると助かるわ」

そう言ってほっと息を吐いた。それからつぶやくように、

「お父さんは、もうあまり、わたしと話もしたくないいんだよ」

その横顔には、落胆というよりもすっかり諦めたような色が濃かった。

やがて看護師に呼ばれ、米子と政紀は診察室に入った。総白髪の橘院長は、椅子に掛けていながらも背筋をぴんと張った姿勢で二人を迎えた。

院長はカルテに添えられた検査のデータを見ながら病状を説明して、

「どうも、ここへきて血圧の状態がよくありませんな。今日あたりは、以前のような元気

もなくなってきたようでね……」

言いながら院長は二人の顔を交互に見た。

「奥さんは毎日付き添いに来られて大変でしょうが、その間に家族の方も来られて、昨日は下の息子さんが夜来られたとも聞きましたが……。何か、特にお気付きのことなどありませんか？」

米子は溜め息をついて俯いたままなかなか答えない。政紀は何か言わなければと思って、

「家族の者が見舞いに行くと、つい気にかかっていることなどを話し込んでしまうことがありますが、しばらく控えた方がいいでしょうね」

「そういうこともありますな。ご本人は来てほしいと思うのでしょうけれどもね、ご注意されるに越したことはないでしょう」

そう言って院長は考え込む様子でカルテを繰っていたが、

「それでは、また状態を見て、治療法を考えます。場合によっては何日間か、絶対安静ということにするかもしれませんがね、ご承知おきください」

診察室を出てから政紀が病室に行こうとすると、米子が、

「わたしはここで待っているから、政紀、行ってきて……」

哀願でもするような顔をした。

「じゃ、ちょっとお父さんの顔を見てくるから……」

政紀は鞄を持ったまま三階の病室に上がっていった。

ドアを開けると、元一郎がすぐにこちらを見た。政紀がベッドに近づくと、

「米子がいねえだろ？　もう帰っちまったのかな……」

その声に力がなかった。

「食事は済んだの？」

政紀が訊くと元一郎は小さくうなずいた。食事の盆もすでに片付けられていて、どの程度の食事をしたのかはわからない。

「頭が痛いとか、何か変わったことはあるの？」

「大したことはねえのさ」

「もうあまり他のことは心配しないで、よく休んで治すようにした方がいい」

政紀が言うと、元一郎は何も言わずに彼の顔を見た。その目が恨めしげな光を帯びているように感じられた。

やがて元一郎は仰向いて天井に目をやり、つぶやいた。

「もう俺もおしまいよ……。何もかもそうだ……。俺一代で終わりっていうことよ」

何だか遠くから聞こえてくるような、抑揚のない声だった。

その父の顔を、政紀はしばらく見つめていた。幼時から見慣れていた厳つい顔とはまるで違う、肉が落ち頬骨が出て幾筋も皺が重なった、青白い顔である。それはもう二度と立ち上がることのない、いまわの際の顔であった。そういう父の顔を見ているといっそう哀れになり、そのまますぐに立ち去ることはできなかった。

政紀は、今に至るまで常にどこかで父に反発し続けてきた自分を思った。それを表面に出して父と対立することをいつも避けてきたのだが、今、老いた父を目の前にしたとき、この父を慰め元気づけてやりたいと、彼は痛切に思った。上辺だけでない言葉をもって、そうしたかった。父の生き方のすべてをそのまま容認するか否かは別として、過酷な時代を必死に生き抜いてきた一人の人間として、父元一郎を理解することはできると思った。

「お父さんは、本当に大変な時代を生き抜いてきたんだね……」

政紀の言葉に、元一郎の表情がかすかに動いたようだった。

「命がけで仕事をし金を稼いで、家庭を持って、子供も四人育て上げた。その間には随分大変なこともあったろうけど、お父さんとしては、思い通りのことを精一杯やってきたんじゃないのかな……。そういう意味では、お父さんの一生は中身の濃いものだったろうと思う」

「そうよ……。それを何とかして書き残そうとしたんだがな……」

元一郎の顔に穏やかな表情が戻ってきた。

「お父さんの書いた自伝は、必ず読んで、本になるようにするから、元気を出して……」

「うん……。まだ、もう少しなんだが、あとはおめえに任せてもいいかな……」

ようやく元一郎の口元に笑みが浮かんだ。

それからまた、何か言いたそうに、元一郎の口元が動いていた。政紀はじっと父の顔を見守った。

すると元一郎が息子の方にゆっくりと顔を向け、弱々しい、しかしはっきりした声で言った。

「おめえには済まねえが、米子のことは頼む。米子には今までずっと、大変な思いをさせてきたんだ……。あれには、済まなかったと、思っている」

「わかった、わかったよ……」

政紀は元一郎の上に顔を傾けて何度もうなずいてみせた。そうして、掛け布団の上に出ていた元一郎の手にそっと右手を載せた。

「お母さんにも、お父さんがそう言っていたと伝えてあげたい」

「あ、ああ……」

元一郎は返事とも溜め息とも取れる声を漏らした。

「それから……」

元一郎は何か言いかけて天井に目を向け、口の辺りを何度も動かした。

「あとは、おめえに頼むよ……。頼む……、それでいい……」

そう言って元一郎はゆっくり目を閉じた。その途端、その目の端から涙の筋が細く流れ落ちた。

元一郎をそのままにして政紀は病室を出てきた。

英行が言っていた「株券」のことを元一郎に何も聞かずにいたことに気がついたが、病室に戻ってわざわざ聞くほどのことではない、と政紀は思った。元一郎が株を買っていたというのは聞いたことがないし、米子も明確には知らないのだろう。しかし英行に言ったのならば、それはあるに違いなく、元一郎がその金額を英行に与えようと考えることはありそうなことだった。それほど大きな額とは思えないし、元一郎が金を貯め込んでいたとしても、実際はその株の額程度のことなのだろうと政紀は思った。

九　新しい庭

翌日の午後遅くに、米子は橘病院に行った。元一郎の病室の前に立つと、ドアに「絶対安静中」と書かれた札が掛けてあった。

ナースステーションに行ってみると、以前から米子の顔なじみの看護師長が出てきて、午後の最初に行なわれた院長の診察で、元一郎の病状が非常によくないので、しばらく絶対安静にして治療を続けることになる、と話した。

米子が病室に入ってみると、元一郎は点滴注射を受けながら眠っていた。彼女はしばらくベッドの脇に立って夫の顔を見つめていたが、そのまま黙って病室を出てきた。

家への道を歩きながら、米子は何だか自分の体から力が抜けていくようだった。

次の日から米子は病院に行こうとせず、亜佐美と政紀が代わる代わる行って様子を見た。

その後数日経つうちに、元一郎はとうとう脳に内出血を起こして、一日持たずに絶命した。朝方に病院からの知らせを受けて、直ちに政紀と米子が駆けつけたが、すでに間に合わなかった。

通夜は自宅でひっそりと、葬儀は場所を斎場に移して行なわれた。

米子は一応喪主になったが、すべてを政紀に任せて何も言わなかった。栄子も裕子も、何日も前から元一郎の死を予期していたから驚くこともなく、葬儀は粛々と行なわれた。

元一郎が人に譲った印刷会社からは、主だった者が二人来ただけであった。アメリカに行っている英行にも政紀が連絡したが、英行は父の葬儀のために帰国することはしなかった。

通夜の席で、米子は涙を流すことさえなく白い顔を傾けたままであったが、亜佐美は、寺の住職の読経の間、白いハンカチを顔に当てて泣き続けた。ときどき涙をぬぐう程度であった栄子や裕子に比べても、それは目立つ姿であった。

政紀は、妻のそういう姿を見るのが辛かった。

亜佐美は、病室で元一郎の話をいろいろと聞かされたとき、思わず反発して口答えしたことが、自分の思い上がりの罪であるように思われてならないのだった。自分の行為が元一郎の病状を悪くする引き金になったのではないか。翌日米子が病室で元一郎の手を叩くようなことをしたのも、そのきっかけを作ったのは自分かもしれないと思っていたのだ。

「親父は自分の思い通りにしないと気が済まない人だったが、亜佐美が正直な気持ちを言ったのは、むしろよかったと思う。親父もそれぐらいはわかってくれるよ」

政紀は亜佐美にそう言ったが、彼女の苦しみはなかなか消えないようだった。政紀としてもそれ以上慰めようもなく、亜佐美の気持ちが落ち着くのを待つ他はなかった。

通夜の席が解けた夜遅くに、政紀の弟妹たちも皆祭壇の前に集まったとき、米子が亜佐美の脇に来て座り、亜佐美の手を取って言った。

「お父さんの言ったことはみんなわたしの責任だよ。亜佐美さんが何を言ったってあの人には堪えないよ。わたしはずっとあの人と暮らしてきたんだから、何でもよくわかっている。病院に行って最期のお別れを言ったのは、このわたしだからね。亜佐美さんが、何か自分のせいであるかのように考える必要は、全くないのよ。そんなことはしないでね。これからもあなたがしっかりしていなければ困るから……」

亜佐美は米子の顔を見つめ、最後には小さくうなずいて目を伏せた。

元一郎の告別式が済むと、あとは四十九日の法要と納骨の日を待つことになる。そうした日々、米子は呆然としてすっかり物静かな風情に包まれたように見えた。元一郎の持っていたものに手を付けるでもなく、元一郎の遺した庭を眺めるでもなく、一人で部屋に座って何ごとか考える様子でいることが多かった。

政紀は時折、米子の部屋に行ってはそれとなく、生前の元一郎の様子や遺したものについて話を向けてみた。だが米子はさほどの反応を示さず、それは政紀にも意外なほどだった。

彼の話した中で米子の関心を引いたのはただ一つ、孫の話題だった。

「せっかく二人の孫が身近にいるんだから、これからは、もっと孫と過ごすことを楽しむようにしてはどうかなあ」

そう政紀が言ったとき、米子は一瞬、かすかに目を輝かせて、

「そうだよね、そうだよね」

と何度も言ってうなずいたのである。

もっと孫と自由に交わりたいと思いながら、それも思うようにならぬまま米子は過ごしてきたのに違いない。何ごともおのれに向けられた呪縛として耐えるのが米子の生き方だったのかもしれない。

政紀は胸の突かれるような思いがして、思わず庭に目をやった。

枯山水を模したその庭の端には亜佐美の手入れした花壇がある。しかしそこ以外は大小の石を配置して整えられた元一郎のための庭で、亜佐美のしつけによって子供が入って遊

ぶことも滅多にない、静かな空間だった。

　家の庭とはそういうものだ、と政紀自身思い込んでいた節もある。そう気がついてみれば、政紀にとってもこの庭は抑圧的で退屈なものであったとも言えそうだ。

　ところが元一郎には、過去に妻の米子を苦しめた女性関係もいくつかあって、その生き方にはかなり奔放な一面があったことも確かのようだ。大きな家を建てたのはともかく、高価な庭石を買い込んで自分の庭園を造ったところには、成金趣味とさげすまれそうな感じもなくはないのである。だがその反面、地味な印刷会社を育てることに情熱を燃やしたところには、むしろその生真面目な資質を思わせるものがある。

　敗戦とその直後の時代の荒波が、元一郎という、能力も活力もある一人の人間の生き方をどこかで狂わせたのではないか。政紀はそんなふうにも考えたが、元一郎はその自伝を書こうとまでしながら、完成させることなく逝ってしまった。

　元一郎の遺産が実際にどれほどあるのかということは、政紀の弟妹たちも関心があるに違いなく、政紀自身もできるだけ明確につかんでおく必要があった。住宅のある土地以外に遺された金額について、政紀が米子にも聞いて確かめながら関係する金融機関に行って調べたところでは、株券を加えても一千万円に足りない額と思われ、予想外の少なさに政紀も驚いたほどだった。

元一郎は妻の米子のためには、何も考えなかったのだろうか。まさかそんなことはあるまいと思いつつ、政紀は生前の父の姿が頭から離れない日々となった。

そこで政紀は、百枚余り書きためてあった元一郎の「自伝」の原稿を取り出して読んでみた。すると、それは元一郎が米子と結婚して家を建てるころまでで、あとは途切れたままになっていた。しかも、闇市時代のことはかなり具体的に生き生きと書かれていたが、先に行くほど筆先の鈍っているような感じもあった。書き手の体力の衰えもあったろうが、それよりも、おのれの人生を顧みることが深まるにつれて、様々な反省や悔恨が元一郎を襲い始めたからではないか――。

政紀は、病床にあった最後の父を思い出すにつけ、そういう気がしてならないのであった。


そんなある日、裕子がやってきた。

日曜日の午後だったから政紀は家にいた。茶の間でテレビの番組を見ているところへ、裕子は亜佐美に導かれて入ってきて、

「あらテレビなの？　お邪魔だったかしら」

そう言って座卓に向かい座り込んだ。

「いやいや……。何か話をしに来たのかい？」

政紀は裕子を迎えて相好を崩した。

裕子は政紀には答えず、部屋の隅で屈み込んでいた薫に声をかけた。

「薫ちゃん、何しているの？」

薫はにっこりして、手に持っていた赤い布を広げてみせた。先刻亜佐美からもらった布を鋏で切って何かの型を作っているのだった。

「薫、あとは二階でやってくれないかな。今ちょっと裕子おばちゃんと大事な話があるんだよ」

政紀が気を利かせて言ってやった。薫はすぐに片付けて部屋を出ていった。

「薫ちゃーん、ごめんね」

追いかけるように裕子が叫んだ。

「うん、いいよー」

二階へ上がりながら元気よく返事をする薫の声が聞こえた。

こういう屈託のない振る舞いがごく自然にできるところが裕子のよさだ、と政紀はいつも思う。彼女には他の兄弟にない明るさがある。

親父やお袋の影響を直接受けないでノホホンと育ったからだ、と言ったのは英行であった。政紀はそれほど皮肉な見方をするつもりはないが、親にしてみれば裕子は思いがけなくできてしまった子であったらしく、それでかえって野放図に、家族の中でも一人だけ可愛がられて育ったようなところがあるのは確かだ。

裕子は三十をとうに過ぎ、今まで何人か付き合った男もいたようだが、どういうわけか良縁がない。それでも最近は気分的に落ち着いてきた感じがあった。

「わたし、前にお兄さんに話した人、武井さんというんだけど、その人と結婚式を挙げるようにしたいの。いいかしら。今日はお兄さんに訊いてみようと思って来たの」

裕子の話は案の定、そのことだった。元一郎が入院していたとき、裕子が病院に見舞った帰りに家に寄って、政紀と亜佐美に、武井という相手がいる話をしていったのは一月ぐらい前である。

「やっぱり年貢の納め時になっちゃったのよ」

そう言って笑う裕子を、政紀がもの問いたげに見ると、

「実はできたのよ。もう三ヶ月過ぎなの」

裕子はあっさりと明かした。右手で腹の辺りにそっと触れているのが見える。

政紀は我が妹ながら呆れてしまった。婚約の話をしに来た一ヶ月前には、とっくに腹の子はできていたことになる。

要するに、結婚式をいつごろに予定したらよいか。それが裕子の悩みなのであった。お腹が大きくならないうちに、できたら早くしたいが、元一郎の葬式が済んだところであるし、親の死を待っていて式を挙げたように思われるのも嫌だから、と言うのである。

それはあまり気にしなくていい、と政紀は言った。元一郎も生前すでに聞いていたことだし、その元一郎がすでにいないことについては、結婚式の中で何かの形で触れることができるだろう。

「挙式は四十九日の法要が済んだあとしばらくして、そうだな、六月のうちにでもするといいんじゃないかな。親父も喜んでくれるさ」

それならお腹の子も五ヶ月のころだからちょうどいい、と裕子はうれしそうに言った。

その顔を見て政紀は、ふと、裕子は父親が喜んでくれるなんていうことは、あまり考えていなかったのかもしれないと思った。それよりもむしろ、元一郎がいなくなることによってある種の解放感を味わっているようにさえ見えた。

そう思った瞬間、裕子の今までの姿が政紀の眼前に映し出されたような気がした。三番目の栄子からさらに六年もあとに生まれた裕子はいつまで経っても子供扱いで、あげくに上の三人が家を出たあとには婿取りにしようと、父の元一郎から狙われかけたのだ。子供のころから裕子には、親からいつも軽く扱われていたような記憶があり、そういうことに反発するようにして、短大を出て就職すると、数年後には家族の反対を押し切って家を出たのだった。

「お姉さんも、今後とも何かとよろしくお願いします」

裕子は、そばに来ていた亜佐美にも頭を下げた。

「あら、急にお姉さんになっちゃったみたいね」

亜佐美が皮肉を言うと、

「ごめんなさーい」

裕子は低く叫んで顔を赤らめ、あとはけらけらと笑った。

英行にしても栄子にしても、亜佐美を「姉さん」と呼んだことはほとんどない。亜佐美はそんな呼び方にさほど拘ってはいないようでいて、内心では気にしていたのも確かであった。

裕子のちゃっかりした態度に政紀も呆れたという顔をしたので、さすがに決まり悪くなったのか、裕子はさっと立ち上がり、米子の部屋の方を指差して、

「ちょっと向こうへも行って話してくるわ」

いそいそと部屋を出ていった。

しばらくしてから政紀が離れの部屋へ行ってみると、母と娘が座卓を挟んで思い思いの格好で向き合い、意外なほど穏やかな調子で話していた。政紀があとで裕子に訊くと、妊娠していることを米子に話したとき、米子は「ふーん」と言って裕子を見つめ、そのままそのこと自体については何も言わなかったという。

裕子のこの日の目的は、結婚資金の問題だった。結婚式といっても披露宴を主とした簡略な形にするのだが、その費用を新郎側と折半にするのだという。そう話しても米子はただうなずいただけだったと裕子は政紀に話した。そして、結婚後は適当なマンションを探して住み、しばらくは共働きの生活をするつもりだが、できたらあまり遅くならないうちに新婚旅行もしたいのだ、とも裕子は政紀に明かすのだった。

政紀にできることは、米子とも相談した上で裕子の希望に添えるようにすることだった。

裕子が素直に親元に頼ろうとする気持ちになれば、それは米子にとってもこの上ない喜びとなるはずだ。それが自然に現れないのは、裕子が元一郎への闇雲な反抗心で家を飛び出したときの拘りが、双方にあるからなのだ。そういうことを理解できるのは政紀しかいないことを、裕子が示したとも言える。

かつての恋人とともにアメリカに定住する英行、横浜のマンションに夫婦二人で住む栄子、この二人は元一郎の遺産など大して期待していないようだ。それでも相応の取り分はあるつもりだろう。この二人に比べて、裕子はいかにも健気だと政紀は思った。もしかすると、元一郎の陰で育った、もっとも哀れな存在なのかもしれなかった。

四十九日の法要と納骨の儀を無事に済ませ、数日過ぎた日の午後、政紀は離れの米子の部屋に行った。日が経つに連れて米子の様子が前よりもさらにひっそりしてきたように思われて、彼はまた少し気になっていた。亜佐美も同様に感じていたらしいので、米子と二人だけで話をしてみることにしたのである。

米子は、何枚かの和服を出して眺めていた。法要も終わったのに何を考えているのかと思い、政紀が声をかけると、

「喪服はもうしまったんだけどね……」

　と米子はかすかな笑顔を向けて、

「あんなお父さんでも、わたしに和服を作ってくれたことがあるんだよ。きっと、これでわたしが喜ぶと思ったんだね……」

　紅葉の葉をあしらった小袖のような一着を手に取って、何か思い出す様子で真顔になっていたが、その着物を脇へ寄せると、また別の地味な花模様の一枚を広げてみせ、

「しばらく着ないまま忘れていたんだけど、もったいないし、これからは少し着て出かけてみようかしらと思って……」

「それはいいね、お父さんも喜ぶんじゃないかな」

　政紀が思わずそう言うと、

「お父さんなんか、いちいち喜ばなくてもいいよ、もういないんだから……」

　米子が不服そうに言ったので、政紀もつい笑ってしまった。

　それからそこに出ていた着物の柄についてあれこれ話したが、それらの着物を和箪笥にしまうと、米子はさりげなく言った。

「納骨が済んだし、わたしはもう、しばらくお寺には行かないことにするからね」

何だか妙にきっぱりした言い方だった。政紀は米子の言う意味がわからなかった。

「お父さんにそう言って、約束したんだよ」

そう言って米子は、政紀の見つめる視線にも構わず庭に目をやって、

「その間にお父さんのものを、少しずつ片付けることもしなけりゃならないしね……」

言い訳めいたことを言ったが、あまり本気でそうするようでもなかった。

政紀は、そういう米子の様子に、むしろ、言いようのない落ち着いた雰囲気を感じるのが不思議なくらいだった。元一郎という大きな存在を失った今、米子は逆に自分の生を取り戻したかのように、しっかりして見えたのだ。

離れの部屋から見た庭は、苔むした石とツゲの木ばかりが目に付く眺めで、花の散って若い葉だけの梅は影が薄い。首を伸ばして左手の方に目をやると、亜佐美が手入れをした花壇には色とりどりの小さな花がたくさん咲いている。

「このお父さんの造った庭だけど……」

政紀が、顔を庭に向けたままで言った。

「庭石を少し片付けて、もっと明るい庭にしたいな。どうだろう、お母さん」

それはことあるごとに亜佐美が言っていたことでもあった。

「そんなことは、もうわたしになんか遠慮しないで、政紀が亜佐美さんと相談して好きなようにすればいいよ」

と米子が言った。

「そうもいかない。だってお母さんの部屋の前の庭じゃないの」

「ああ、そうか……」

米子は微笑んで、

「わたしも、少しは庭を楽しまなくてはね……。薫や彰も遊びに来ればいいし……」

はにかんだように政紀の顔を仰ぎ見た。

「そうさ。それにお母さんにはサザンカやツツジの鉢の世話がある」

政紀は、元一郎の残していった大小十いくつかの植木鉢を指差した。

「でも、あれは、このごろ亜佐美さんが、夕方のころに水をやってくれたりするから……」

米子は遠慮したいような口ぶりで言った。

「えっ、亜佐美が?」

政紀は驚いた。元一郎が死んで以後はなおのこと、植木鉢に水をやるのは当然米子の仕事だと思っていた。いくら米子のやり方が雑だとしても、亜佐美が代わりにそれをすることは考えにくかった。

その日は休日で、夕方になるころ政紀は二階の部屋にいた。それとなく庭の物音に注意していると、不意にかすかなサンダルの音がした。上から姿は見えないが亜佐美の気配を感じたので、彼はすぐに階下に行き、洋間から庭に出た。

「あらっ」

亜佐美は彼の姿を見て驚いたらしい。そういえば政紀は、休みの日の朝でもなければ滅多に庭に出てきたりしないのだった。

亜佐美はじょうろを持って、離れの部屋の前側に並ぶツツジの鉢に水をやっているところだった。政紀に見られたのを意識してか、亜佐美の手元が急に固くなり、顔は照れ隠しの笑いを浮かべている。

「どうして、親父の植木鉢の世話をすることにしたの？」

政紀は近寄ってそう訊かずにはいられなかった。

亜佐美は困ったような顔をして、じょうろを持った手を止めた。そして離れの部屋の方を気にする素振りだったが、ガラス戸の向こうに米子の姿は見えない。

「おじいちゃんが大事にしていた植木鉢だから……」

亜佐美はそう言って笑顔になろうとしたが、唇の辺りがかすかに震えていた。

「せめて、これぐらいはしないと、と思って……」

亜佐美は彼に言うと、急に目に涙を浮かべた。

親父のことはそんなに気にするなと言ったじゃないか——そう言おうとして、政紀は口をつぐんだ。そして無言のまま亜佐美の先に立って、鉢の上に落ちた枯れ葉を取り去ったり、はみ出した鉢の位置を直そうとした。そうしているうちに彼は、亜佐美をその場で抱きしめたいような気持ちになった。

そのとき、政紀の後方でガラス戸の開く音がした。珍しく庭にいる二人を見つけたのか、薫と彰が洋間から出てくるところだった。

すると、すぐに離れの方のガラス戸も開いて、

「薫、彰、こっちへおいで、こっちへ……」

米子が懸命に手招きして叫んでいた。

「彰、こっちへ来てあの高いところへ登ってみせて。ね、彰……」

彰は米子の招きに応じて行きかけたが、急に立ち止まり、亜佐美の顔を見上げた。亜佐美が応えようとして政紀を振り返ると、政紀は笑いながら大きくうなずいてみせた。

彰は意気込んで駆け出し、あっという間に庭の隅の大きな岩に登ってその頂に立ち、両手を突き上げ叫び声を上げて米子の方を見た。米子が手を叩き、薫が歓声を上げた。

政紀と亜佐美は呆気に取られたような顔になった。

「もうとっくに登ったことがあるみたいだな」

政紀が思わずつぶやいた。

「もう大丈夫なのよ、このぐらいは。四年生だもの……。でも、それより、薫も彰もこんな庭なんかより、学校とか公園とか、もっと広いところで遊ぶわよ。お友達もいろいろいるし……」

亜佐美の顔が晴れ晴れとして輝いていた。

「うん、そうだな……」

政紀はそう言ってうなずき、彰の両手の上に広がる空を仰いだ。そして、ふと、いつか英叔父さんのことをこの子たちに話してやってもよい、と彼は思った。


（了）

著者プロフィール

佐山 啓郎（さやま けいろう）

1939（昭和14）年東京生まれ。1963（昭和38）年法政大学文学部日本文学科卒業。2000（平成12）年以降同人誌「コスモス文学」に作品を発表する。

著書に、『紗江子の再婚』（2010年）、『赤い花と青い森の島で』（2011年）、『遠い闇からの声』（2016年）、『花のように炎のように』（2017年）―いずれも文芸社刊がある。

幻想家族

2018年7月15日　初版第1刷発行

著　者　佐山 啓郎
発行者　瓜谷 綱延
発行所　株式会社文芸社
〒160-0022　東京都新宿区新宿1－10－1
電話　03-5369-3060（代表）
03-5369-2299（販売）

印刷所　株式会社フクイン

ISBN978-4-286-19602-2